Der Frankfurter *Johannes Hucke* genießt seit 1992 in Ludwigshafen Arbeitsexil. In einem „Ludwigshafen-Quiz" (Grupello-Verlag) sowie im Musik-Roman „Der Schatten wird länger" (gemeinsam mit Uwe Frey) hat er die Stadt bereits hochleben lassen. Ansonsten ist Hucke mit Weinlesebüchern (Südpfalz, Bergstraße, Kraichgau-Stromberg ...), mitunter kriminellen Romanen („Die jungen Hunde", „Neckarstadt Western") und Theaterstücken („Kellersequenz") auffällig geworden. Er schreibt für Zeitungen und Zeitschriften, schrieb lange Jahre für das verblichene Stadtmagazin MEIER und ist außerdem noch Gemeinwesenarbeiter bei der Ökumenischen Fördergemeinschaft Ludwigshafen.

Jürgen Schäfer hat in Darmstadt Kommunikationsdesign studiert und arbeitet seit über 30 Jahren freiberuflich mit seiner Agentur Spektrum (www.spektrum-web.de) als Grafiker in Ludwigshafen und seit kurzer Zeit in Hassloch. Er ist Preisträger im ITC-Typografiewettbewerb „Why hunger, why poverty" – Ausstellung Vereinte Nationen New York. Neben der professionellen Arbeit am Computer sind Illustrationen, die ebenfalls elektronisch entstehen, seine Leidenschaft.

Johannes Hucke

METT

Der Pfälzer Schorle-Krimi

mit Illustrationen
von Jürgen Schäfer

LINDEMANNS

Gewidmet ist das Buch
dem Ludwigshafener STREET DOC –
all jenen, die sich engagieren, damit unzureichend
Versorgten medizinische Hilfe zuteil wird.

I. OPFER

Ein Zombie saß im Zahnarztstuhl

Wie der Brancusi Battista im Medizinischen Notdienst nach einem vergammelten Mettbrot fahndet und dann doch etwas ganz anderes findet. – Was die anderen dazu sagen, vor allem die Presse und die Polizei. – Wen die Leute so im Verdacht haben und warum alle ganz aufgeregt sind, als sie erfahren, wer die Leiche ist.

Es gibt Jobs, die bringen dich um. Oder du versuchst dich anzupassen – was ist schlimmer? Schleichend bemächtigt sich eine fremde Struktur deiner Seele und tauscht sie aus; eines Tages hältst du den immer gleichen Tagesablauf für menschenwürdig ... Es gibt aber auch Traumberufe wie den von Battista Brancusi! Wir begegnen dem Sozialarbeiter im Ludwigshafener Stadtteil Hemshof. Was er da vollführt, ist nichts weniger als das Ballett seines Alltags: Mit der Ferse des rechten Fußes gibt er der Autotür den richtigen Schwung, auf dass sie sanft einraste – etwas zu heftig, schon fiele die Fensterscheibe wieder raus, etwas zu zahm, so müsste er den Aktenstapel, den er mit der linken Hand am Rumpf festklemmt, noch einmal ablegen, wohin nur, das Paket mit gespendeten Medikamenten, das ihm in der Armbeuge baumelt, den Rucksack, das Laptoptäschchen, die Tüte mit Plätzchen.

Dabei telefoniert er natürlich, wie immer. Was heißt telefonieren? Er berät zwei Leute gleichzeitig, an zwei Handys, wohlgemerkt. Empathisch, fachkundig, sachgemäß. Periodisch ruft er ins eine oder andere sein berühmtes: „Kleinen Augenblick, hab da noch jemand in der Leitung!“, und wendet sich, während er dem Eingang des Ökumenisch-Medizinischen Notdienstes ÖMN zu mäandriert – beäugt von zwei Teenagern, die sich darin gefallen, seine Fortbewegungsart zu imitieren – der anderen Gesprächspartnerin zu, in diesem Fall einer usbekischen Mutter, die ihre halbwüchsige Tochter seit Februar nicht mehr gesehen hat.

Und jetzt ist Sommer. Und was für einer! Seit er von der Zentrale losgefahren ist, freut sich Brancusi auf den Moment, diesen einen Moment, jetzt, gleich, wenn er die Tür zu den improvisierten Praxisräumen geöffnet haben wird. Zuvor muss der Vielbeanspruchte sämtliche Gegenstände leider doch noch deponieren, Stück für Stück auf dem Treppenabsatz, um unter Mühen den eines Kellermönchs würdigen Schlüsselbund aus der Hosentasche zu fummeln. Ob er dabei seine virtuose Doppelberatung unterbricht? Ach woher denn. Ein Handy zwischen Ohr und Schulter gequetscht, erst vier falsche, dann den passenden Schlüssel einhändig hervorgezaubert, stößt er die vom Mittag weißglühende Tür auf und taucht ein.

Es fließt auf ihn zu ... schattige Kühle ... ein sanfter Wasserfall ... wie die Arme einer Meerjungfrau umschlingt es ihn und zieht ihn hinein, lässt den Schweiß auf der Stirn augenblicklich trocknen, umfächelt die Schläfen, heilt den von der Autofahrt versengten Rücken. Oh ja, das ist der Lohn für einen dreiviertel Tag Herumtigern zwischen den verkarsteten Canyons der Wohnmaschinen. Alle Mühen haben sich gelohnt. Nichts war vergeblich. Der Mensch lebt auf.

„Kleinen Augenblick, bitte ...“

Die Praxisräume des Notdienstes befinden sich in einem geschuppten, kastenförmigen Vorbau, einem urzeitlichen

Quastenflosser ähnlich, der unter den Steilwänden des sozialen Wohnungsbaus versteinert ist. Eine Initiative für Kranke ohne Möglichkeit zur Behandlung hat die Einrichtung des ÖMN ins Leben gerufen: durchaus unterschiedliche Menschen, die allesamt dem Kriegszug gegen Arme – nicht gegen Armut – wenig abgewinnen können. Einmal die Woche leisten Arzthelferinnen und medizinische Fachkräfte ehrenamtlich Dienst und behandeln, ohne nach Kennziffer, Ausweis und Daseinsberechtigung zu fragen. Sämtlichen Aktiven ist die Absurdität ihrer Tätigkeit stets bewusst, fehlte es doch mitnichten an finanziellen Mitteln, um alle an den Segnungen des Gesundheitssystems teilhaben zu lassen.

Aber die Prioritäten sind längst andere.

Für diejenigen Hilfestellungen, die nicht unmittelbar mit dem ärztlichen Eingriff zu tun haben, zeichnet Brancusi verantwortlich. So hievt er den Rucksack (ein Gesprächsteilnehmer hat inzwischen aufgelegt) über den Bürostuhl, lässt den Beutel mit den Medikamenten ins Regal gleiten, entert die Küche und setzt die Kaffeemaschine in Gang – für Ungeübte kein leichtes Unterfangen, wenn man nur eine Hand zur Verfügung hat. Aber Battista bemerkt das nicht mehr, alles Routine. Ihn beschäftigt etwas anderes: Immer wieder, während er weitertelefoniert, schnuppert er, schüttelt den Kopf, schnüffelt erneut. Ein paar Fliegen sirren um ihn her, ungewöhnlich für diese Praxis. In seinem Geist entwickelt sich die Vision eines seit Tagen vor sich hingammelnden Zwiebel-Mettbrotes, vergessen vielleicht vom Allgemeinarzt, der unvermittelt aus seiner Pause abberufen wurde.

Für einen Veganen wie Battista ein mittlerer Horrorfilm.

Nach mehreren Fehlversuchen gelingt es ihm schließlich, auch die zweite telefonische Ad-hoc-Beratung zu beenden, nicht ohne spezielle Grußformel und guten Wunsch. Sogleich kehrt er in den Warteraum zurück; das Müffeln beeinträchtigt die erfrischende Wirkung der durch Rollläden hitzegeschützten Praxisräume durchaus. Vielleicht, vermutet Brancusi weiter, liegt die Ursache doch nicht in einer liegen gebliebenen Vesper; es könnte auch sein, dass unter der Woche die Wasserrohre ausgetrocknet sind – kein Wunder bei der Wärme – und scheußliche Faulgase den Weg aus der Kanalisation in die Zivilisation gefunden haben.

Doch auf dem Kontrollweg Richtung Toilette lässt der Gestank nach. Seltsam, das alles. Unwillig macht sich Battista daran, die Rollos hochzuziehen, um Luft einzulassen, in der Hoffnung, dass nicht auf der Stelle die kostbare Kühle durch schwüle Hitze ersetzt werde. Kaum hat der Sozialarbeiter für einen Spalt Licht gesorgt, da gewahrt er, dass die Tür zum Behandlungsraum der Zahnärzte offensteht. Von dort her also kommen die Fliegen geschwirrt, hat es den Anschein. Brancusi betritt das Zimmer, da steigert sich das Unbehagen zum Brechreiz. Wie ein Matrose in der Takelage bei Sturmgefahr, reißt Battista an den Gurten, zerrt die Rollos nach oben und klinkt das Fenster auf. Nichts wie raus!

Doch in der Tür verharrt er, wie von einer Fernbedienung angehalten.

Leidet er unter Halluzinationen? Setzt ihm der durch keine Eichenhaine gemilderte Ludwigshafener Sommerglast dermaßen zu, dass er zu fantasieren anfängt? Denn im Hinauseilen kommt es ihm so vor, als sei der Behandlungsstuhl, vor Jahren virtuos zusammengebastelt aus drei antiken Modellen – besetzt. Augenblicklich sät eine unnennbare, in keinem der fünf Sinne zu verortende Urwahrnehmung winzige Nadeln in die Haut, binnen kurzem zu einem Gänsehautgeflecht auswuchernd. Die Oberlippe zieht sich nach oben, die Augen werden schmal, der Atem geht stoßweise, und hinter den Ohren überläuft es ihn ohne Erbarmen. Battista kann nicht anders, unwillkürlich wendet er sich um, nur halb, um das innere Selbst vor einem vielleicht nie wieder zu löschenden Anblick zu schützen. Doch da hat er's schon gesehen.

Mit einem Tierlaut, halb Empörung, halb Jammer, stürzt er ins Wartezimmer, sieht sich ruckartig um, kehrt gegen seinen Willen nochmals zurück, schlägt die Hand vors Gesicht und rennt zum Ausgang. Unterwegs bleibt er mit der Schulter an der Theke, hinter der sonst die Arzthelferinnen arbeiten, und mit dem Schienbein an einem Stuhl, auf dem die Patienten warten, hängen. Aus der verseuchten Kühle gerät er zurück in die erstickende Glut. Abermals sieht er sich um. Will sich zur Ruhe zwingen, zum Nachdenken.

Am fürchterlichsten an dieser Gestalt, die unberufener Weise im Zahnarztstuhl Platz genommen hat, ist eine Stelle am Kopf: Wo die Schläfe sein müsste, fehlt etwas. Die Hände klammern sich nicht nach alter Sitte an den Armlehnen fest, sondern liegen umgekehrt, verkrallt ins Halbdunkel. Den Mund hat Battista zum Glück nicht gesehen, aus der Perspektive war nicht zu erkennen, ob der Tote einen Bart trägt, ob es sich um verkrustetes Blut handelt, oder welche Verwüstung auch immer da geschehen ist. Im anbrandenden Entsetzen kommt ihm ein unfassbarer Gedanke: Ob es ... ob es am Ende gar keine menschliche Gestalt ist, sondern – etwas anderes?

Endlich, wie unter einem Vorhang aus Panik hervorkriechend, schwankt Battista zwei Schritte vor. Obwohl kein Mensch in der Straße zu sehen ist, schreit er, die Arme weit ausgebreitet, durch die schläfrig-brütende Mittagsstille: „Hilfe! Beim Zahnarzt sitzt ein Zombie!"

Eine halbe Stunde später, der Notdienst wird optisch dominiert von den fleißigen Leuten der Spurensicherung, das rot-weiße Flatterband schwingt schlaff vor dem Eingang, gibt Brancusi einer Beamtin der Krimimalpolizei Auskunft. Im Abstand warten die hinreißende Sprechstundenhilfe, die elegante Ärztin und zahlreiche Hilfesuchende, gänzlich sinnloserweise, denn heute und hier wird bestimmt keine Behandlung mehr stattfinden. Aber die Leute stehen unter Schock, können nicht glauben, was Detail für Detail zu ihnen durchdringt. Selbst Battista, schon mehrmals befragt, ob er denn nicht psychologische Hilfe benötige, findet in seiner Ratlosigkeit nur die immer gleiche Formel: „Aber es war doch abgeschlossen!"

Just dieser Umstand wird die Ermittlungsbehörden, alle Assoziierten des ÖMN und nachgerade die gesamte Ludwigshafener Öffentlichkeit noch lange beschäftigen. Ein Boulevard-Blatt, abgesehen von Klatsch und Sensationsmeldungen aus den lokalen Elendsvierteln gemeinhin wenig an der Industriestadt interessiert, entblödet sich nicht, tags darauf zu titeln: „Toter sucht Schutz beim Medizinischen Notdienst!" Fürs Erste geben die Vorsitzenden des ÖMN, Dr. Paul Bonaventura und Werner Mutzenbacher, den Medien Auskunft und versichern, dass die rein zu sozialen Zwecken bestimmten Räumlichkeiten unter der Woche, wenn keine Sprechstunden abgehalten werden, „absolut unzugänglich" und „ordnungsgemäß" verschlossen seien. Eine Kühlkammer für mittellose Leichen sei im Angebot nicht vorgesehen.

Der durchaus naheliegende Verdacht, ein Kranker oder Schwerverletzter habe sich kurz vor seinem Ende – gleichgültig wie ihm der Zugang gelungen sei – in hilfesuchender Absicht zum Notdienst geschleppt, zerschlägt sich in den nächsten

Tagen. Wenig dringt von den Ermittlungen nach draußen, doch auf einer nachdrücklich von der Öffentlichkeit geforderten Pressekonferenz gibt eine Sprecherin des Ludwigshafener Polizeipräsidiums immerhin einige wenige Einblicke: Die etwa 55-jährige Person männlichen Geschlechts sei bereits vor „Verbringung“ in die Behandlungsräume der wohltätigen Einrichtung tot gewesen. Unweit der Notdienst-Praxis, in einer von dürftigem Grün bewucherten Verkehrsinsel, habe gestern Abend der Ermittlungsdienst einen Einkaufswagen ausfindig gemacht, woran Blutspuren des Toten festgestellt werden konnten. Und dergleichen mehr. Eher keine spektakuläre Nachricht.

Am meisten beschäftigt die Menschen jener Sachverhalt, wonach der Tod infolge grober Gewalteinwirkung eingetreten sei. Mehrere Schläge gegen Kopf und Rumpf seien mit so großer Heftigkeit ausgeführt worden, dass Thorax und Schädeldecke (an dieser Stelle nuschelte die Präsidentin, vielleicht aus Rücksicht) ... und zwar sowohl mit einem spitzen als auch mit einem stumpfen Gegenstand, vermutlich Eisen und Holz. Diese Nachricht nun veranlasst ein Aufschäumen der öffentlichen Mutmaßungen; doch um die Fantasie mit geeignetem Stoff weiter anfüttern zu können, benötigt man unbedingt die Identität des Toten. Fast eine Woche muss man sich gedulden. Dann aber löst die Nachricht eine Schockwelle aus. Schon bald gewinnen die ermittelnden Stellen den Eindruck, als existiere niemand in Ludwigshafen, der dem Ermordeten nicht schon lange den Tod gewünscht hätte.

Mett mit Brot

E quelldi Grumbeer mit Blutwurscht und Andivjesalat

Was im Maffenbeier um 12 Uhr mittags passiert, aber auch früher oder später. – Weswegen der Kurt so ein ausgeglichener Geselle ist, weil er nämlich so viel mitgemacht hat. – Wer so alles am Tisch 5 Platz nehmen darf, und warum der Kurt den Lardo ein bisschen ziemlich beneidet. – Welches Essen die Mutter für den Kurt gekocht hat (siehe Kapitelüberschrift) und wieso er dann schnell noch mal weg muss.

Niemals hat Bärbel verstanden, was an der Wiederholung der immer gleichen Abläufe langweilig sein soll. Ist das Leben nicht genau so eingerichtet? Jahres- und Tageszeiten lösen einander ab, Wochenenden wechseln mit Werktagen und um 12 Uhr kommt der Kurt. Sogleich, mit einsetzendem Mittagsläuten (meist untergewühlt vom nicht minder verlässlichen Baulärm) wird er in die grüne Grotte des Gastgartens einschwenken, stumm pfeifend, mit der Rechten grüßend, nicht mehr so schwungvoll wie früher, aber mit gleichbleibender Herzlichkeit; die einzige Änderung ergibt sich aus der Formel, mit der er seine Kumpane von Tisch 5 begrüßt, entweder: „Na, Ihr Baraber?" oder mal auch: „Na, Ihr Schrumpfgermane?", seltener: „Na, Ihr Indianer?", und auch die Reaktionen der Angesprochenen sind codiert („Na, du Grabräuber?"), einem festen Ritual verpflichtet, was immer für Sicherheit sorgt, und die Hoffnung bestehen bleibt, dass es nie anders werden möge.

Was weiter folgt, entspricht einer seit Jahren festgelegten Choreographie konkludenter Handelsgeschäfte – ein Fachterminus, der Bärbel aus einem abgebrochenen Jurastudium im Gedächtnis verblieben ist –, sprich, die meisten Bestellungen müssen nicht abgefragt werden. Der Kurt, soeben hinter Tisch 5 eingerastet, bekommt seine Weißherbst-, der Lardo hat schon seine Riesling-, und die Astrid erhält ihre zweite Autofahrerschorle, wiewohl bekannt ist, dass sie seit ihrer Frühpensionierung nicht mehr fährt, was nicht nur indirekt mit ihrem Schorle-Konsum zu tun hat.

Auch bei den Speisen weiß Bärbel schon Bescheid; die Verwaltungskerlchen von der HoWoGe am Eingangstisch, die zum Zeichen ihres Betriebseifers diese grünen Mützchen auch in den Pausen auflassen, nehmen immer das Tagesessen, egal, was es gibt; Kurt freut sich schon den ganzen Vormittag auf seinen Handkäse, und der Lardo, nun ja, der Lardo, von dem weiß der ganze Hemshof, dass er sich seit einem Vierteljahrhundert von Mettbrot mit Zwiebeln ernährt. Und Rieslingschorle.

Übrigens erfreut er sich bester Gesundheit. Vielleicht liegt es an der Art und Weise, wie der Lardo Selbsterhalt, Nahrungsaufnahme und Lebensgenuss miteinander verkoppelt. Mit der ersten Schorle des Tages wartet er, bis sein Durst die Form eines Karstgebirges angenommen hat, und das Dubbeglas ist dann die mit Bergbachwasser gegen Staubbildung geschützte Baggerschaufel, die sich mit Urgewalt ins Gestein hineingräbt. Nicht anders beim Mettbrot – Achtsamkeitstherapeutinnen wären begeistert: Lardo begegnet ihm mit dem Respekt des waidgerechten Jägers vor der Beute, der erste Biss ist der Blattschuss, für alles Weitere schwenkt die Kamera zur Festtafel eines Gourmetmenüs, mit dem Unterschied, dass Lardo weder Trüffel noch Stopfleber braucht, da das kühle Hack mit den saftig-knackigen Zwiebeln alle Genüsse, die möglich sind, bereits beinhaltet.

Bärbel, wir ahnen es, gehört zu den unersetzlichen Traditionsbedienungen der unersetzlichen Ludwigshafener Traditionsgaststätte Maffenbeier, wobei der Begriff Gaststätte viel zu neutral gewählt ist, um auch nur ansatzweise zu vermitteln, worum es sich hier in nuce handelt. Gesteigert durch den an sich betrüblichen Umstand, dass der Industriestadt ihre kulinarischen Identifikationsorte nach und nach abhanden kamen, übernimmt der Maffenbeier (ob er will oder nicht) eine Mehrfachfunktion: tapferer Vorposten der Weinpfalz; Hort unversiegbarer Genüsse; Schutzburg für Einsame; von der Arbeit Gequälte sowie von der Arbeit Ignorierte; Leuchtfackel des Lokalpatriotismus; Mittelpunkt des Gemeinwesens; Hauptumschlagplatz für Nachrichten aller Art, vorzugsweise Gerüchte und, theologisch gesprochen, eschatologischer Vorschimmer ewiger Sonntagsruhe und die Gewähr, dass unsere Paradieses-Hoffnung kein Fake sei.

Der Maffenbeier ist ein – wenngleich quicklebendiges – Relikt aus beschaulicheren Tagen, eindrucksvoll symbolisiert durch die im Umkreis einzigartig dichte Gewölbeberankung, worunter sich Biertisch- an Biertischgarnitur reiht. Tatsächlich soll das auch Jägerlust geheißene Hutzelhäuschen nebst Garten schon existiert haben, bevor der erste Industrielle auf die Idee verfiel, ausgerechnet in den Rheinauen ein Fabrikchen anzusiedeln ... und selbstverständlich sind da solche, die sowohl für Goethe (auf einer Lustreise) als auch für Schiller (auf der Flucht) Erfrischungsaufenthalte reklamieren. Die Gäste kommen auch ohne Klassiker aus, es sei denn, damit sind Gerichte wie Leberwurstbrot mit Gürkchen oder der Hacki gemeint, gefüllt wie ungefüllt angebotener Hackbraten von unzweifelhafter Erlesenheit.

Da sich die Bärbel nunmehr, nachdem die erste Welle überstanden ist, zu einem Erholungszigarettchen zurückzieht, wenden wir uns mit gebotener Diskretion dem bereits eingeführten Mittagsstammtisch zu, namentlich Kurt Wessa, Lagerarbeiter der Pfalzkellerei und seit ein paar Monaten in Altersteilzeit. Der Mann hat schon einiges überlebt, auch manche Umstrukturierung, damals, als er noch im Zentralheiligtum der Holzwolle-Gesellschaft Ludwigshafen HoWoGe als Arbeiter wirkte. Mit kaum vierzig Jahren geriet der allzu Gutmütige in eine Krise, verursacht, laut seiner Ex-Gattin Claudi, just von seiner – Gutmütigkeit. „Du bist so fad und so unbeweglich und immer, immer, immer so ekelhaft ausgeglichen", befand die zu Oberhausen Geborene, worin, wiederum nach Kurts Auffassung, die Hauptursache für den Dauerzwist zu suchen war. „Wie kammer nur: licht am Rhoi un dann net mol in de Palz."

In den ersten Jahren gab es durchaus Momente, da etwas zu entstehen schien, worauf sich aufbauen ließe. So bleibt Kurt wohl für immer ein bestimmtes Geräusch im Sinn, das er mit Behaglichkeit und Familienglück verbindet. Es war an einem dieser seltenen Tage, da ihn eine Infekt-Erkrankung aufs Sofa gezwungen und Claudi ihm unaufgefordert einen Tee nach Familienrezept (Fenchel-Anis-Kümmel) gebraut hatte. Während er so döste, drang ein irgendwie anheimelnder Laut an sein Ohr: Claudi schnitt Petersilie – und zwar, um dem Söhnchen das Mittagessen zu verzieren, eine Nudelspeise, Claudi sagte beharrlich Pasta. Kurt faszinierte diese Idee; niemals wäre er darauf verfallen, so etwas Unnötiges, dabei doch Anrührendes zu tun.

Seine Mutter auch nicht.

Kaum, dass Wessa die Ehescheidung verweigert hätte; nach einer Phase (für seine Verhältnisse) stürmischen Jugendglücks empfand er die Anwesenheit dieser Frau zusehends als Beeinträchtigung seines seit alters so beschlossenen Alltagsvollzugs. Modern ausgedrückt, passten die Lebenskonzepte der beiden zusammen wie Trillerschwalbe und Grottenolm; freilich hatten sie sich wechselseitig etwas davon versprochen, der eine etwas Belebung, die andere vielleicht Beruhigung, was sich innerhalb weniger Monate jedoch als Illusion herausstellte.

Doch da war Tim schon da.

Tim, mit Taufnamen Wessa, schlug in seiner Art ganz und gar der Mutter nach, wodurch der Grundimpuls schon gegeben war, sobald die Volljährigkeit erreicht wäre, den Geburtsnamen der Mutter anzunehmen – ein Ärgernis vor allem für Marianne Wessa, Kurts allgegenwärtige Mama, die vom ersten Moment an „diese Claudi da“ mal für ihre Zappeligkeit, dann für ihre Hummeligkeit, schließlich für ihre Hippeligkeit und Unstetheit und überhaupt für alles kritisierte, was ihrem Pfälzer Weltbild nicht entsprach.

Der schwerwiegendste Vorwurf jedoch betraf die Entfremdung des Enkels vom Sohn, worin Kurt ihr durchaus zustimmen musste. All seine Hoffnungen, betreffend etwa eine Fußballerkarriere des Sprösslings, zunächst beim SV Südwest Ludwigshafen, sodann, nach seiner gloriosen Entdeckung, selbstredend beim 1. FC Kaiserslautern, erwiesen sich als Irrläufer. Stattdessen überzeugte der Filius in – eher unnötigen – Fächern wie Mathe und Deutsch und widersprach dem bald nur noch Erzeuger genannten entmachteten Familienoberhaupt in nahezu allen Ansichten, die dieser zunehmend verhalten zu äußern wagte. „Die Koalition“, wie Marianne bösartig formulierte, rechnete Kurt bald jeden Mittagsimbiss, jede Schorle, jede Sonntagszigarre vor, wodurch der solchermaßen Beengte in einen Zustand anwachsender Zornmütigkeit geriet, freilich ohne dem einen angemessenen Ausdruck zu geben ... was ihm erneut den Vorwurf, ein Schwächling zu sein, eintrug.

Es geschah das Erwartungsgemäße: Die von zehn Jahren Pfalz nervlich zerrüttete Claudi packte Tim ein und bestieg an einem prachtvollen Junimorgen im Mannheimer Hauptbahnhof den Schnellzug ins Ruhrgebiet. Ihre Eltern erwarben eine Eigentumswohnung in einem der besseren Viertel von Essen, und weg waren Frau und Kind. Kurt, handlungsunfähig und mit Anfangsverdacht auf Depression, zog bald zu seiner Mutter in den 3. Schneeglöckchenweg zurück, in eines jener begehrten, denkmalgeschützten Backsteinhäuschen. Entgegen seinem Naturell fügte sich Kurt zunächst nicht ins Unvermeidliche, sondern haderte und zeterte unentwegt vor sich hin, begann Streit auf der Arbeit ... und steigerte seine Schorle-Frequenz ins Ungesunde.

Außerdem gesellte sich Jägermeister dazu.

Sein Vorgesetzter, der die Problematik richtig einschätzte, verschaffte Kurt eine Art Auszeit. Doch statt der anempfohlenen Kur blieb er dumpf brütend zu Hause sitzen und verlotterte zusehends. Hier nun kommt eine Funktion ins Spiel, die wir vorher in der Aufzählung der Segnungen, die der Maffenbeier über die Ludwigshafener Menschheit bringt, schier unterschlugen: das soziale Regulativ. Alle aus dem Mittagskreis erkannten die Gefahr, sahen sich um, ließen ihre Kontakte spielen ... und da sie nahezu durch die Bank Holzkäfer, sprich Mitarbeiter der HoWoGe waren, tat sich alsbald eine neue

Chance auf. Dass Kurt nach der Krise in sein vorheriges, stressbehaftetes Tätigkeitsfeld zurückkehren könnte, schien unrealistisch; und so fand sich denn eine weniger kräftezehrende Stelle in der renommierten Pfalzkellerei.

Zunächst ungekannt muffelig, schließlich von dieser angenehmen Gleichförmigkeit sorgsam eingelullt, startete Kurt in die nächste, vermutlich vorletzte Phase seiner Biografie. Nun dauerte es nicht mehr lange, bis er – so sehr es die Jahre gestatteten – wieder (fast) der Alte war, also wie vor der Zeit, da er um Claudi warb. Nur seine ältesten Vertrauten, Lardo, Bärbel und Astrid gewahrten diesen entsagungsvollen Schimmer um seine Augen; die in Trübsal gediehene philosophische Einsichtsfähigkeit blieb eher unentdeckt, was nicht zuletzt auf Kurts Vorliebe zurückzuführen war, schweigend zu genießen oder eben – zu verzichten.

Ein Grunzen sagt oft mehr als 1.000 Worte.

Die kleine Betriebsamkeitsdelle ist längst wieder ausgeglichen. Bärbel und ihre Kolleginnen sprudeln zwischen den Bänken hin und her wie Quellnymphen am Schöpfungsmorgen und immer wieder an den Tresen, wo mit Fleiß und Kunstfertigkeit gefüllt, gezapft und aufgeschichtet wird. – Es ist exakt der Moment, da Kurt sein Alter spürt, immer deutlicher seit seinem 55. Geburtstag. Bisweilen kommt ihm seine dreißig Jahre ältere Mutter fast vitaler vor als er selbst, der den Lardo mit wehen Augen betrachtet, wie er die nächste Schorle ordert ... und einfach sitzen bleibt. Welch eine Lebenskunst!

„Bald hast du's auch geschafft", tröstet ihn der Kamerad, sichert das Dubbeglas und hebt die Knie nicht ohne graziöse Anmutung zur Seite.

Wessa nickt skeptisch, schiebt sich durch in den Mittelgang, grunzt sein: „Aller bis später donn" und bewegt sich Richtung

Nachmittagsdienst. – Zum Glück verflüchtigt sich die Mittagsschwere unterwegs, da er einem guten Dutzend Kolleginnen und Kollegen begegnet, von einst und jetzt, aus Autos winkend, von Fahrrädern klingelnd sowie zu Fuß. Letztere sind die Gefährlichen, denn mit denen muss man unbedingt ein Schwätzchen halten, und ein Lagerist kommt nie zu spät.

So vergeht denn auch dieser Werktag recht erträglich, die beträchtliche Lieferung Literriesling aus der Südpfalz wird mit Gabelstapler und Handameise verstaut, gemeinsam mit Kollege Yussuf kein Problem. Dies nämlich hat Kurt Wessa früh gelernt: kontinuierlich arbeiten, ohne permanent die Augen zum bis unter die Plane vollbepackten Laster zu heben und ein rechtschaffenes Verhältnis zu den andern zu pflegen, ganz gleichgültig ob Stift oder Chef – man muss ja nicht viel reden. Punkt 16 Uhr, nicht unzufrieden mit der eigenen Arbeitsleistung, schließt er den Spind ab, und jetzt kommt dieser andere Moment: Neue Energien perlen herauf, die Aussicht auf Abendfrieden und – eine Mahlzeit, wie nur Mutter sie kocht. Heute: „Gequelldi Grumbeer mit Blutwurscht", in Abweichung von Kurt Dehns berühmtem Pfälzer Lied nicht mit Endiviensalat, sondern mit Butter und Kräuterquark.

Und für Kurt noch eine Extra-Leberwurst.

An die fünfzigmal wünscht er „'n schönen Feierabend", bis er die Ausfallstraße überquert hat, wo ihn erneut frohe Grüße und fromme Wünsche von allen Seiten erreichen. So geht das seit Jahrzehnten, und anders kann er sich's auch gar nicht vorstellen als Mitglied dieser Großfamilie. Ein paar Pensionäre sitzen schon draußen in ihren Lauben, schöne Sitte aus der Gründerzeit, als die Arbeitersiedlungen noch mancherlei Zierrat und Beiwerk enthielten, fast immer ein Gärtchen, mitunter gar einen Ziegenstall.

An den Umstand, dass er bei seiner Mutter wohnt – wieder, nach einer Unterbrechung von etwa einem Jahrzehnt –, hat sich der Kurt schneller gewöhnt als zunächst angenommen; zu Hilfe kam ihm die Entwicklung, dass etwa zu gleicher Zeit gleich mehrere Ehen in seinem Umfeld auseinanderdrifteten und fast alle Männer wieder heim sind zu Mutti ... oder aber zumindest in der Nähe blieben, um sich fortan wieder ausgiebig bekochen zu lassen. Man kam überein, dies sei doch die rechte und gottgewollte Art zu leben, die jungen Frauen hätten alle einen Schatten beziehungsweise „Ferz im Kobb." Frieden und Beschaulichkeit verströme doch einzig und allein der Tageslauf im Elternhaus.

Es sei denn, die Mutter hat schlechte Laune.

Das kommt in Kurts Fall eher selten vor und heute schon mal gar nicht. Denn auf seinen munteren Begrüßungsruf: „Do?" erfolgt – nichts. Friseur, Fußpflege, Arzttermin vermutet er, so was kann er sich nicht merken. Auf dem Weg zum Sofa steuert er am Kühlschrank vorbei, mixt sich eine Schorle im Verhältnis 4:3 auf Riesling-Basis und lässt sich nieder. Schön kühl hier im Wohnzimmer. Mütter verstehen es zu lüften. Claudi hat immer das Fenster aufgerissen, wenn es über 30 Grad ging ...

Jetzt schnell die Füße hoch, Rheinpfalz her, Dubbeglas, fertig.

Nicht immer schläft er ein. Heute aber, geschwächt von der wochenlangen Schwüle, dämmert er bald weg, ohne den Bericht über die Friesenheimer Eulen fertiggelesen zu haben. In dem Traumsammelsurium summt immer noch die Mücke herum, die er von der Schorle verscheucht hat, wieder und wieder, allerdings bedeutend größer, und sprechen kann sie auch: „Hast du die Schuh widder net ausgezoge?"

Nein, das kann die Mücke nicht, das muss die Mutter sein, heimgekehrt von woher auch immer. Kurt zieht es vor, Tiefschlaf zu heucheln und vorsichtshalber keine Antwort zu geben. Quasi unbemerkt, entfernt er die Treter vermittels der Zehen des jeweils anderen Fußes und redet sich ein, der doppelte Aufprall sei unhörbar gewesen. – Er erwacht, gut anderthalb Stunden später, vom unverwechselbar erdigen Pellkartoffelgeruch, der intensiv durch den Flur in die Wohnstube gezogen kommt.

Kurz darauf sitzt er mit seiner Mutter am Küchentisch, übereck wie immer. Während sie ihre Erlebnisse beim „Drise-Dokder" – die Ärzte hat Marianne unter körperteilbezogenen Rubriken klassifiziert – ausführlich wiedergibt, mampft sich der gereifte Sohn durch die Kartoffeln, die er Gabel für Gabel mit Quark bestreicht, was nicht nur einem erquickenden Effekt im Mund dienlich ist, sondern auch die Verbrennungsgefahr mindert, denn Kurt futtert heißhungrig, immer schon begierig auf den nächsten Happen.

„Ess doch langsam!"

„Mhm."

„Beinah hätt ich's vergesse", fällt Marianne Wessa etwas ein. „Uff em Vertiko licht so en Kuvert fer dich."

Unwillig grunzend nimmt es Kurt zur Kenntnis. Was kann das schon sein? Post bedeutet negative Staffelung: blödsinnige Werbung: „Sie haben gewonnen ...!" – Stromrechnung – Forderungen von Claudi. Nun, dass eine Steigerung möglich ist, erfährt der Lagerarbeiter, als er eine Viertelstunde später im Fernsehsessel Platz nimmt, wie immer nach dem Quellkartoffelverzehr mit entsetzlich spannendem Bauch, und das Papier entfaltet. Schon der Anfang („Pass mal auf, du beschissener kleiner ...") verunmöglicht es ihm, an einen Kollegenscherz oder dergleichen zu glauben. Die nachfolgenden Worte verschlimmern seine Erregung. Ganz gegen seine Gewohnheit erhebt er sich, schaut sich unsicher um und verlässt das Haus, wie von einer Angel gezogen.

Selbstverständlich bleibt der Vorgang von der Mutter nicht unbemerkt: „Wo gehscht en jetzt nommol hie?"

„Ja wohie wohl?"

„Här, so spät? Warum en des jetz?"

Doch da ist er bereits in die schützenden Rosenhecken des 3. Schneeglöckchenwegs abgeschnürt, den Zettel in der Rechten massierend. So was hat er noch nicht erlebt. So was ... und ausgerechnet ihm! Auf dem Goerdelerplatz bleibt er stehen, einst an Markttagen Zentralort der Hemshöfer Volksversorgung, heutzutage zweimal wöchentlich Schauplatz einer Marktsimulation von ein bis zwei Ständen mit Zwiebeln und Lauch. Endlich fasst er sich ein Herz, liest zu Ende ... und lässt sich auf eine der vanilleeisverschmierten Holzbänke, die hier keinen Park, sondern einen Parkplatz zieren, niedersacken.

Bis Wessa begriffen hat, was ihm bevorsteht, sind gegenüber im Maffenbeier bei einigen zwei, drei Mal die Dubbegläser ausgetauscht worden. Doch diesen Hort seines Wohlbefindens wird er heute nicht mehr ansteuern; nur einen Gedanken noch vermag Kurt in Worte zu fassen. Verzagend brabbelt er vor sich hin: „Immer uff die Klääne, immer uff die Klääne ..."

Der Verfasser des Horrorschreibens, orthografisch durchaus nicht auf der Höhe, hat es auf das Archiv der Pfalzkellerei abgesehen, seit Jahrzehnten sicher hinter Siegel und Verschluss gehalten, beinhaltend ... unsagbare vinologische Schätze! Es geht die Rede von Bordeaux aus dem 18. Jahrhundert, kostbaren, gereiften Süßweinen, nicht minder betagt, dazu jede

Menge große Häuser aus dem Burgund, der Champagne ... „Millionenwerte“, heißt es im Volksmund, gern wiederholt und in Silben gesprochen: „Mil-li-ooonen-werte!“

Genau das dürfte auch diesen Halunken zu Ohren gekommen sein, die vom treuen Kurt in einem verächtlichen Drohschreiben, ja Erpresserbrief, die Herausgabe der Schlüssel verlangen – aller Schlüssel wohlgemerkt, die zum ungestörten Betreten und Wiederverlassen sämtlicher betreffender Räumlichkeiten vonnöten sind. Wo und wann und in welcher Art Umschlag die Schlüssel zu übermitteln sind, dies alles ist vermerkt ... und mit einer kernigen Drohung versehen: „... und wen du dich weigers dann geht dir dreckich wie nie!“

„Wenigstens ein Komma hättet Ihr setzen können, Ihr Mistbankert“, schüttelt Kurt Wessa den Kopf, eiert automatisch auf den Maffenbeier-Garten zu ... und dreht kurz vorher ab, um sich zögernd auf den Nachhauseweg zu begeben.

Die Leiche kam im Einkaufswagen

Worüber die Leute so spekulieren und weshalb der Brancusi Battista geschützt werden muss. – Wer die Leiche nun wirklich und was für eine „Pottsau" sie war, als sie noch gelebt hat, freilich. – Wie es in den Notwohngebieten Ludwigshafens tatsächlich aussieht und warum; aber das glaubt einem sowieso keiner, der nicht dort gewesen ist. – Wie es beim Begräbnis der Pottsau zugegangen ist (schlimm nämlich!). – Wohin der Brancusi dann schließlich aufgebrochen ist.

In der ersten Woche nach dem Aufsehen erregenden Leichenfund in der Praxis des medizinischen Notdienstes vergeht keine Stunde ohne vermeintliche Neuigkeiten, mal in der Straßenbahn weitergeflüstert, mal auf Pfälzer Art quer über die Gasse gebrüllt, fast immer jedoch ohne realen Hintergrund: schlichte Noterfindungen des schaffenden Geistes, um der Schmach, absolut nichts zu wissen, etwas entgegenzusetzen. „Es soll ja ein ganz hohes Tier gewesen sein, wahrscheinlich ein Top-Manager." – „Donn hodders verdient." – „Hab was onneres geheert: en Maffja-Boss, awwer net von de Maffja." – „Aus Russland?" – „Genau, vun Albanje." – „Ihr seid ganz schön arglos. Ich weiß aus verlässlicher Quelle ..." – „Ja, was donn?" – „... dass es überhaupt kein Mensch gewesen ist!" – „Du spinnscht." – „Was glaubt Ihr denn, warum man nichts erfährt: überhaupt gar nichts?" – „Da is was dran. Des war ja net annerscht dortmals, wie in Ding die Ufo abgesterzt sin ..."

Angebote
2020

Nicht weniger als um die Identität des Toten ranken sich Spekulationen um Täter und Motiv. („Eifersucht nadierlich!" – „Was ein Stuss, der war doch beim Zahnarzt." – „Donn halt en eifersichdiche Zahnarzt.") Nun ist es ja nicht so, dass Ludwigshafen seit dem Krieg völlig ohne Mord und Gewalt ausgekommen wäre; die Verknüpfung allerdings von disparaten Versatzstücken übt einen ungemeinen Reiz auf die fantasiebegabte Öffentlichkeit aus: Gewaltopfer in sozialer Einrichtung – eingedrungen bei verschlossenen Türen – vermutlich ein Prominenter, doch ohne Hinweis auf Stand und Namen – bestialisch zugerichtet, aber ganz gemütlich schlummernd – genau: gemütlich schlummernd, jedoch in einem Stuhl, der wegen der Behandlungsqualen gefürchtet ist ...

Einer indessen, denkbar schuldlos an den Vorkommnissen, hat am meisten auszustehen: Battista Brancusi, beliebtester Interviewpartner lokaler und überregionaler Medien, unablässig antelefoniert, auf der Straße angequatscht, am Arbeitsplatz angestarrt. „Ich hab doch schon alles erzählt!", lautet seine häufigste Entgegnung. Womit sich natürlich niemand zufrieden gibt. Nachdem zweimal Rheinpfalz und Mannheimer Morgen, nicht seltener SWR Radio und Fernsehen, schließlich Offener Kanal, Wochenblatt und diverse Internet-Magazine auf die immer gleichen Fragen größtenteils gleichlautende Antworten erhalten haben, versuchen RTL und Bild einander zu übertreffen: Battista soll ganze Sensations-Serien beliefern, mit extravaganten Titeln wie „Sozialarbeiter-Report Teil I: Rendezvous mit einem Toten" oder, ähnlich wildromantisch, „Tod beim Mittagsläuten", wiewohl die Mordtat in der Nacht und der Fund kurz vor 13 Uhr geschehen ist ...

An dieser Stelle schreitet Werner Mutzenbacher ein, Battistas Chef und Vorsitzender des ökumenisch-medizinischen

Notdienstes und befreit seinen Premium-Mitarbeiter von weiteren Nachstellungen. Wie ein Millionen schwerer Fußballspieler wird der Sozialarbeiter von der Öffentlichkeit abgeschirmt – ein Schachzug, der dem noch immer unter Schock Stehenden durchaus zugute kommt, die Gerüchteküche aber vollends zum Brodeln bringt. Und wer weiß, welche Eskapaden noch geschähen, wenn nicht eines Morgens, offiziös im Radio, die ersten Details berichtet würden: Am von Beamten der Spurensicherung auf einer Verkehrsinsel nahe der Haltestelle Hemshofstraße aufgefundenen Einkaufswagen eines Discounters seien dieselben DNA-Spuren festgestellt worden wie in den Notpraxis-Räumen, auch Fingerabdrücke, offensichtlich unprofessionell und darum nur teilweise von der Armlehne des Behandlungsstuhls entfernt. Derzeit werde fieberhaft am Abgleich der Daten in den entsprechenden Karteien gearbeitet. Ob das Verbrechensopfer tatsächlich mit dem Wägelchen transportiert worden sei, müsse allerdings noch einwandfrei geklärt werden. Die Polizei bitte weiterhin um Geduld.

Für gut zwei Tage bietet diese Novität ausreichend Gesprächsstoff; die Handlungsentwürfe, von einem Krimi-geschulten Publikum ohne Rücksicht auf Evidenz und Logik in Umlauf gebracht, müssen an dieser Stelle nicht wiedergegeben werden. Kurz bevor jedoch die Welle teilnehmenden Interesses verebben könnte, übermannen weitere Breaking News die öffentliche Wahrnehmung, ja, sie überbieten alles zu Erwartende und gestatten trotzdem weiterhin die wildesten Mutmaßungen. „Bei dem Toten handelt es sich“, so die wie stets seltsam desinteressierte Radiostimme, „um den zweiundsechzigjährigen Gabriel Büsode, den Leiter der in Ludwigshafen und darüber hinaus renommierten Immobiliengesellschaft

DBW – Deutsche Basis Wohnen. Der Ermordete hinterlässt eine in Trennung lebende Frau und einen Sohn aus erster Ehe."

Kaum eine Nachricht wäre imstande, die Stadtbevölkerung derart zu elektrisieren wie diese. Oh ja, dieser Mann war eine Gestalt des öffentlichen Lebens, kontrovers wahrgenommen wie sonst kaum jemand, einer, der sich stets in der Rolle des bösen Buben, des advocatus diaboli, ja des eisenharten Vollstreckers gefiel. Sein Auftreten war von Arroganz und ins Zynische spielender Provokationslust begleitet, wozu seine hohe, aristokratisch schlanke Gestalt, sein mit übertriebener Exaktheit gezogener blondgrauer Scheitel, vor allem aber seine Designerklamotten einen zusätzlichen Erregungspunkt bildeten.

Wann es zuletzt jemanden gegeben hätte, der unbeliebter gewesen wäre, lässt sich schlecht sagen – man müsste tief in der Stadtgeschichte zurückgraben. So nimmt es nicht Wunder, dass binnen kurzem Dutzende, ja hunderte Tatverdächtige genannt werden, mitunter hört man sogar schlimme Äußerungen wie „Also die Gelegenheit hätt ich mir auch nicht entgehen lassen" oder auch „Wenn's einer verdient hat ..."

Um ermessen zu können, wie und warum es zu solch aufgestautem Hass gegen einen Einzelnen überhaupt hat kommen können, muss man ein wenig mit der Situation vor Ort vertraut sein. Es verhält sich nämlich so, dass, im Gegensatz zu anderen Großstädten, die schon vor langer Zeit sehr viel Geld für die Humanisierung prekärer Wohnverhältnisse in die Hand genommen haben, Ludwigshafen über Jahrzehnte schimmel- und keimverseuchte soziale Brennpunkte duldete; als vor gut zwanzig Jahren an die DBW outgesourct wurde, war dies durchaus mit Hoffnungen und Versprechen verbunden, die „international operierende potente Immobiliengesellschaft" werde flugs für Verbesserungen sorgen.

Das krasseste Gegenteil war der Fall.

Gabriel machte sich innerhalb kürzester Frist zum Alleinherrscher über etwa tausend Menschen: Sämtliche Anträge sämtlicher Bewohner hatten über seinen Schreibtisch zu laufen. Er entschied, ob jemand eine neue oder gar keine Wohnung bekam; ob man einen Ölofen installierte oder die klamme Bude über Jahre unbeheizt ließ; wie oft gereinigt wurde (so gut wie nie); und vor allem und ganz besonders: wie und wo man einsparen konnte, vor allem bei Sanierung, Renovierung, Instandhaltung. So verhasst „der neue Besen", wie er sich selber nannte, bei den Betroffenen bald schon war, so sehr lobte man seine Dienste bei der DBW, die auf diese Weise das Kunststück fertigbrachte, mit Baracken Kapital zu erwirtschaften. Doch auch seitens der Stadtregierung gab es nicht Wenige, die es durchaus schätzten, wenn ein anderer den Kopf hinhielt; so war man doch mal ganz fein raus!

Sie stehen da als Relikte aus der Vorzeit des sozialen Wohnungsbaus, Schreckgespenster, der Fantasie eines perversen Bühnenbildners entsprungen, im abgeschirmten Abseits der Stadt. Brüchiges Mauerwerk; leere Fensterhöhlen, teils kohlschwarz und auf Brände hinweisend, in denen Menschen zu Schaden kamen; nie zu verschließende Hauseingänge, die wie aufgerissene Mäuler hungriger Dämonen gähnen; dazwischen Dreck und wieder Dreck, zu einem Konglomerat verbacken; Flure wie aus Gefängnisfilmen, verkotet und lichtlos, mit Stahltüren versehen; unkontrollierbare Nischen voller Bedrohungen und Unrat; üble Dünste, unsagbar und bestialisch, hervorkriechend aus höhlenartigen Eckzimmern, worin Einsame verwest sind; trostlose Rasterarchitektur, aus der Not, Not erzeugend, von Menschenhassern geschaffen; unüberbrückbar weite Entfernungen zur Zivilisation, zum nächsten Laden, Arzt, Postamt, zur Bank ... oder zur nächsten Schule: Wege, getränkt von Angst und Panik, zurückgelegt von den Jüngsten und Schwächsten, preisgegeben jeder Untat, derer Menschen fähig sind.

Diese Wohngebiete ohne Wohnungen, sie heißen Bamberger Platz und Kronstadter Allee, könnten aber auch ganz anders heißen, sind und waren Schauplätze von Einzelschicksalen, deren Leid und Elend außerhalb von Kriegszeiten ohne Vergleich und schlicht unvorstellbar ist. Wer hier überlebt, leistet Übermenschliches, doch die Wenigsten halten das lange aus; die Durchschnittslebenserwartung liegt etwa bei der Hälfte des Gesamtdurchschnitts der Bevölkerung. – Gabriel Büsode wusste das von Anfang an; noch bevor er zum Boss des mit kalter Effizienz vorgehenden Firmensegments aufstieg, hatte er sich die Gebiete genau angesehen, Studien gelesen, mit Fachleuten parliert. Dass er sich nicht, wie zunächst allenthalben proklamiert, für die Belange der Entrechteten einsetzte, sondern, im Gegenteil, was vorher schwierig war, schlicht verunmöglichte, was darniederlag, ohne Gegenanstrengung vergammeln ließ, hatte gewisse Gründe in seiner Biografie.

Aber die kannte hier keiner.

Wenn Büsode, zu seinem privaten Höchstvergnügen, potentielle Investoren für künftige Wohnprojekte über das kontaminierte Gelände führte, meist eine dünne Virginier paffend, in hellem Gewand, doch mit Schaftstiefeln, auf dass der Dreck der Gosse sein Beinkleid nicht beschmutze, erinnerte er tatsächlich an einen verkommenen russischen Landadligen der Jahrhundertwende, auf Besuch bei seinen Leibeigenen, die ihm auf Gedeih und Verderb ausgeliefert waren. Denn Büsodes

Entscheidungen gehorchten von Beginn an nur einem Prinzip: der Willkür. Manche, die darum baten, bekamen eine Isolierung für ihre durch zugige Fenster, schlecht schließende Türen und seit Jahren schwammnassen Bodenbelag zum Krankheitsherd gewordenen Zimmerchen; andere konnten sich die Mühen des Antragsweges sparen. Manche wurden in eine der wenigen, fast trockenen Wohneinheiten eingewiesen, andere fanden sich wieder in Zwangswohngemeinschaften, umgeben von psychisch schwerkranken Medikamenten-, Schnaps- und von allem Möglichen Abhängigen, deren Gewalt- und Wahnsinnsanfälle sprunghaft kamen, unvorhersehbar und darum umso gefährlicher waren.

Chronisch krank waren alle, die hier hausen mussten, ausnahmslos alle. Wie aber hatte es überhaupt zu so einem himmelschreienden Zustand kommen können – inmitten einer Gesellschaft, die zu den vermögendsten der Erde gehört? Dies nun liegt lange vor Büsodes Zeit begründet. Eine merkwürdig geduckte, boshafte Weitergabe wie von Kassibern mit diabolischem Inhalt, so pflegten die Zuständigen, die Verantwortlichen von Generation zu Generation einander zu unterweisen. Im Kern, da waren sich schon Sozialwissenschaftler in den Zwanziger Jahren einig, beruhte diese Feindschaft gegen die Chancenlosen – auf Angst. Angst vor Armut, vor dem eigenen Niedergang; aber auch vor den Armen, vor ihrer Rache, auch damals schon. Denn dass wirksame, die Lebensqualität binnen kurzem steigernde Maßnahmen immer schon möglich waren, lag offen auf der Hand.

Einige behaupteten, die totalitäre Verweigerungshaltung zeuge von sadistischen Impulsen, einer Art Sog, in den alle geraten, die, von Hause aus ethisch und charakterlich nicht gewappnet, mit dieser Chance auf Machtausübung in Kontakt kommen. Nur auf extremen Druck der Kirchen, aus Teilen der human gesinnten Öffentlichkeit gaben die Stadtoberen und ihre Bediensteten manchmal nach – wie zum Schein. Symbolhaft steht die Errichtung eines Zauns während einer tödlichen Tuberkulose-Welle in den 1920ern. Nachdem international ruchbar geworden war, dass mitten in Ludwigshafen hunderte Menschen in Holzbaracken vor sich hinvegetierten, preisgegeben den Unbilden des Winters und der Seuchen begünstigenden hygienischen Bedingungen, stand der Oberbürgermeister selbst auf und verkündete voll Pathos Soforthilfe. Diese bestand in der Errichtung eines mehrere Meter langen Holzbretterzaunes.

Der sei gut gegen Nordwind, hieß es.

So wurden, mit besonderer Schärfe freilich während der Dreißiger und Vierziger Jahre, nachrückende Verwaltungsbeamte im Glauben geschult, die Unterprivilegierten der Stadt seien potentiell gefährlich, vom Schicksal verflucht ... und ohnehin selber schuld. Wer da wolle, könne sich durch seiner eignen Hände Kraft, durch Beharrlichkeit und Arbeitsfleiß zu jeder Zeit aus allen Missliebigkeiten befreien und ein geregeltes Bürgerleben beginnen, eine Auffassung, die den Bedingungen, unter denen man in den Notquartieren aufwuchs, Hohn sprach. Noch nach der Jahrtausendwende gelang es – trotz intensiver Unterstützung seitens der ökumenischen Sozialarbeit – nur in den seltensten Fällen, für Jugendliche eine Lehrstelle zu organisieren: allumfassend negativ wirkte sich die schlichte Nennung der Adresse aus und ließ potentielle Arbeitgeber zurückschrecken. So ergab sich über Jahrzehnte eine Frontstellung zwischen der Verwaltung, die Teile der Bürgerschaft, der sie dienen sollte, mit allen Mitteln bekämpfte – und den Ausgestoßenen selber, die bitter gelernt hatten, dass

man mit allem rechnen musste, auch mit dem Schlimmsten. Aber niemals mit Ehrlichkeit und Neuanfang.

Nun, da offen zutage liegt, dass der Haupterbe dieser exklusiven Tradition durch brutale Gewalt zu Tode gekommen ist, steht für die Mehrheit der Stadtbevölkerung fraglos fest, wo der Täter zu suchen sei. Vielleicht, so kommen bald Gerüchte auf, habe es sich um eine Art Fememord gehandelt, ausgeführt von einem Dutzend Vermummter, wohl zu mitternächtlicher Stunde ...

Wir bemerken, da hat jemand „Mord im Orient-Express“ gelesen. Vereinzelt kommen Stimmen auf, die neben Verständnis und Einsicht ins Unvermeidliche auch Sorge äußern, wer denn nun als Nächstes dran sei; nicht wenige Mitarbeiter der DBW schauen sich mittlerweile um, wenn sie abends das Haus verlassen. Und durchaus auch ein paar städtischen Angestellten wird es mulmig zumute, wenn ihnen unwillkürlich einfällt, wie oft und ohne Not sie Leistungen verweigert und Missstände ignoriert haben.

Angeheizt wird diese misstrauische Stimmung durch unschöne Szenen während der Beerdigung Gabriel Büsodes auf dem weitläufigen Gelände des Ludwigshafener Hauptfriedhofs. Begleitet von wenigen Verwandten und Getreuen, muss der Sarg eine Strecke von gut zwanzig Minuten Fußweg zurücklegen. Was im Einzelnen tatsächlich vorgefallen ist, lässt sich schon bald nicht mehr rekonstruieren; gerüchteweise wird behauptet, immer wieder seien Verbitterte aus dem Schutz des Friedhofsgrüns hervorgeprescht und hätten Flüche ausgestoßen. Als gesichert gilt, dass es noch während der Trauerzeremonie in der kahlen Halle zu Störungen kam – wie und welchen Wortlauts genau, dies wiederum ist umstritten.

Und da hält sich eine weitere Schauergeschichte, die sich im Anschluss an das Begräbnis zugetragen haben soll, direkt am, vielmehr gewissermaßen im Grabe. Mehrere junge Männer, zunächst abwartend, bis sich die kleine Trauergesellschaft zerstreut hatte, seien zur frisch ausgehobenen Grube vorgedrungen und, nun ja, hätten dort in grabschänderischer Absicht ihr Wasser abgeschlagen.

Aber das ist hoffentlich nur eine Mär.

Von alledem einigermaßen unberührt, absolviert Battista Brancusi sein vorerst letztes Polizei-Rendezvous. Zwei Atteste hat er dabei, die ihm Erholungsbedarf bescheinigen: so lange und so bald wie möglich. In der Tat, der Schock des Anblicks einer bei Sommerhitze nur mittelprächtig abgelagerten Leiche sitzt tief und bedarf der Verarbeitung. Mithilfe von Schlafmitteln gelingt es zwar, nachts nicht allzu lange wach zu liegen, doch die Träume ... die spotten jedem Splatter-Movie, zumal sich die Leiche wie in Zeitraffer ein jedes Mal in eine Art Mettbrot verwandelt. Und dann wieder rückwärts.

Längst hat Battista ein Vertrauensverhältnis zu den Polizeibeamten aufgebaut, und vor allem die Beamtinnen zollen ihm mehr denn Mitgefühl, ja, ihr Verhalten ist von aufrichtiger Sympathie und Respekt für sein Durchhaltevermögen getragen.

Salopp, wie um zu versichern, um mich braucht ihr euch doch keine Sorgen zu machen, tänzelt er die Stufen des Polizeipräsidiums, als wäre dies eine Showtreppe, im Dreivierteltakt hinunter. Aus einem Döschen in seiner Umhängetasche fummelt er erst einmal eine Dattel, ökologisch erzeugt, zu bestimmten Stunden das ideale Mittel zur Ersthilfe. Versonnen passiert er den Zebrastreifen und eine lange Reihe parkender Autos, bis er bei seinem berühmten roten Ford Taunus angelangt ist. Gewöhnt an Hitze und Entbehrungen aller Art, steigt Battista sofort ein und fährt los, sodann erst das Fenster hochkurbelnd.

Sein Flucht-Weg führt ihn bald aus Ludwigshafen, aus dem Dunstkreis der Holzwolle hinaus, Richtung Speyer ... und von dort aus so schnell wie möglich weiter ins Elsass. Wenn die Autobahnschilder grün werden, beginnt er aufzuleben, seit jeher. Hier, auf linksrheinischer Seite, gedenkt Brancusi gen Süden vorzudringen, immer weiter. Wenn er auch vielerlei vergessen hat im Dauerstress der letzten Tage, eines weiß er noch und wird es immer wissen: Irgendwo da hinten, da liegt es, Kraftquell und Zuflucht zu allen Zeiten und nur noch ein paar Autostunden entfernt: sein Mittelmeer ...

Die Mudder is' fort

„Die Mudder, die Mudder, die Mudder is' fort ..."

Was es mit dem Maffenbeier des Weiteren auf sich hat. – Wieso Lyrik manchmal Appetit macht. – Warum der Kurt auf einmal so aufgeregt ist. – Wie sehr es sich lohnen würde, in der Pfalzkellerei einmal einzubrechen und wodurch ausgerechnet dem Kurt ein Problem entsteht. – Was genau auf eine Entführung von Kurts Mutter hindeutet (am Boden zerschelltes Usambaraveilchen). – Wohin der Kurt sich wendet und welche unverhoffte Gnade ihm da zuteil wird. – Wo die Bärbel gerade herumsitzt (an der Blies), warum sie ein bisschen sauer ist auf den Lardo, was sie zusammen und einzeln zu unternehmen gedenken, um Freund Kurt höchstwirksam zu helfen und inwiefern ein alter Bekannter (Randy) eine entscheidende Rolle dabei spielen könnte.

Viele kluge Leute und noch mehr Angeber haben sich über Eigenzeiten, Eigenräume oder was für tolle Vokabeln sie noch so erfunden haben, weitläufig ausgelassen ... und waren doch nie im Maffenbeier! Unglaublich eigentlich, denn wo sonst könnte man dermaßen fabelhafte Studien zu diesem Thema treiben? Keine Frage, in jedem besseren Biergarten, Heurigen, Besen, jeder Ebbelweikneipe und Weinstube sind vergleichbare Phänomene festgestellt worden – jedoch wohl kaum mit solcher Intensität und Verlässlichkeit. Dazu trägt natürlich bei, wir haben es angedeutet, dass der Maffenbeier das letzte

Verbliebene unter einer einst stolzen Reihe von Ludwigshafener, auch Hemshöfer Etablissements mit Gastgarten ist; nur da und dort in schwer erreichbaren Vororten haben sich einige wenige Einrichtungen mit ähnlicher Zielsetzung gehalten. Mehr noch, es macht auch die Umgebung: Wer etwa von der toten Ebene des Innenstadt genannten zivilisatorischen Outbacks oder, andersherum, etwa von Oppau her an Kilometer um Kilometer namenloser Industrie entlang sich diesem Inbegriff der Wirtshausromantik nähert, wird die verdichtende Wirkung beim Eintritt unmittelbar verspüren.

Sprich: einfach super da!

Solche Gedankengänge interessieren die heute Nachmittag an Tisch 5 Versammelten überhaupt nicht. Kein Wunder, sie befinden sich ja innerhalb; für sie gelten andere, mildere Gesetze. Bis auf eine Schwarte aus ihrer Jugendzeit, die Patrizia erzählt hat, besteht die Unterhaltung aus hingeworfenen Phrasen, meist Neckereien, die mitunter nicht einmal gekontert werden. Man übt sich also in der Kunst puren Vorhandenseins, und darin ist der Lardo unangefochtener Meister. Mit von der Partie sind selbstverständlich die Astrid, die hat heute überhaupt noch nichts gesagt und sogar die Bärbel. Schon zwei Zigarettenpausen verbrachte sie am Mittags-, der auch ein Abendstammtisch ist.

„Isch wääß net, soll ich ...“ Der Lardo braucht nicht weiterreden. Alle wissen um die tägliche Entscheidungsqual, ob das zweite Mettbrot des Tages schon vor halb sechs eingenommen werden soll. Nachteil: Gegen Zehn bekommt er dann wieder Hunger, und da befindet er sich meist auf dem Nachhauseweg. Außer er befindet sich noch nicht auf dem Nachhauseweg, und dann sitzt er im Maffenbeier, und drei Mettbrote über den Tag gehen ins Geld. Vorteil: Er wäre mal satt.

Angeregt wurden Lardos kulinarische Überlegungen augenblicklich durch ein Gedicht im „Flurboten“, seiner Lieblingszeitschrift, die unregelmäßig erscheint, aber das macht nichts, er ist ja auch nicht der Pünktlichsten einer. Knut Bumb, Hausautor der Postille, hat sich in unnachahmlicher Weise über den Fleischkäse hergemacht, literarisch wohlgemerkt, ein Thema, das alle angeht, und zwar in jeder Lebensphase, angefangen noch vorm ersten Schulpausenbrötchen:

Kääsflääschkääsbräätsche
(E Lied)

Refrää:
De Kässflääschkääs, der is mit Kääs,
Schää wääch und schää verloffe:
Aus jeder Ritz bei großer Hitz
Kummt do de Kääs getroffe.
Do machschte keck en Flääschkääsweck:
Zwää Hälfte, frisch gebacke
Und duuscht noch hääß de Kääsflääschkääs
Do schää dezwische packe.

1. Uff so en Kääsflääschkääsweck werd
Ään Schorle knapp gerechent;
Des is so Sitt, des is die Härt
Hier in die gonze Gechend.
Do kummt ibber de Noochmiddooch
Uff gut vier Weck zwää Lidder,
Doch schmeckt’s uns all, des is kää Frooch,
Zum Nachtesse schun widder.

2. Es gibt jo aa, des is bekonnt,
Noch onnern Flääschkääswecke;
Do simmer wärklich tolleront
Un losse se uns schmecke;
Ob Pizza-, Zwiwwel-, pur, ich wääß:
Es sin jo so viel Sorte!
Doch nur beim echte Kääsflääschkääs,
Do fehle derr die Worte ...

Eine Ulli unterbricht die weitere Verfertigung der Gedanken und beugt sich esoterisch duftend und silbrig klingelnd über den Tisch, um dem Lardo seinen Begrüßungsschmatz zu verabreichen. Patrizia, die vorgeblich nie eifersüchtig ist, beschwert sich trotzdem jedes Mal: „Immer die annern ..."

Doch auch nach dem Zwischenfall gelingt es dem Lardo nicht, seinen Mettbrot-Syllogismus zu Ende zu führen, denn jetzt geschieht etwas, was noch nie geschehen ist, ein Ereignis von unausdenkbarer Tragweite, das die beschauliche Runde noch lange – vielleicht für immer – beschäftigen wird und den gleichmäßigen Pendelschlag der Tage miteins mitten im Schwung abstoppt.

„Die Mudder ..."

Sie erkennen den Kurt, wie er im gleißenden Eingang zum Maffenbeier'schen Grünen Gewölbe kurz aufleuchtet und hektisch winkt. –

„Die Mudder ..."

Jetzt hat er bereits Bärbels Zwischenabstelltisch für die Dubbegläser erreicht – was für ein ungewohntes Tempo!

„Die Mudder ..."

Er wackelt auf sie zu, mit einer niemals bei ihm festgestellten Aufgeregtheit, schwenkt zum Zieltisch ein, muss Atem holen, breitet die Arme aus wie ein um den Lohn betrogener Drehorgelspieler und stellt den Ton leiser, es soll ja nicht der ganze Garten hören: „... is fort!“

Obwohl allen sogleich einleuchtet, dass etwas Schwerwiegendes, gar Lebensbedrohliches vorliegen muss, wirft Patrizia begütigend ein: „Hajo, wo werd sie schun sei ...“

Selbstverständlich verfängt der Versuch bei Kurt keineswegs. Er hechelt richtig, schnorchelt, eher wie eine Bulldogge als ein Jagdhund, stürzt sich verzweifelt in die gerade noch rechtzeitig eingetroffene Rieslingschorle ... und beginnt, erzählerisch durchaus ungeschickt, sich selbst immer wieder unterbrechend, vom Lardo dann und wann zur Ordnung gerufen, mal zu laut, mal zu leise, die Schilderung dessen, was ihm heute nach der Arbeit ... und schon die Tage vorher ... nach Aushändigung jenes Schriebs ... jetzt, später, früher, keine Ahnung, widerfahren ist.

Zusammengefasst und unter Abzug sämtlicher Volten und Wiederholungen („Glaabscht des?“ – „Immer trifft's die Klänne!“) lässt sich dem Wust entnehmen, dass der vom Schicksal hart Geschlagene, nachdem er den Drohbrief erhalten hatte, wie zu erwarten, erst einmal nichts unternahm. Gerade eben, auf dem Heimweg, sei er noch dabei gewesen sich einzureden, es müsse eben doch ein Streich gewesen sein, „des Babier do“, aber kein besonders guter, nein, wirklich nicht, da klinkte er die Türe auf, rief, dass er da sei und was es zu essen gebe, er habe es doch tatsächlich vergessen, und er hörte – nichts und fand – niemanden.

„Aber woher willst du denn wissen ...?“

Die Beschreibung des im Windfang klassisch zu Bruch gegangenen Usambaraveilchentopfes sowie des mitsamt davon abgerutschtem Kasack am Wohnzimmertisch umgefallenen

Stuhls nebst heruntergewehter Rheinpfalz, Regionalteil, bringt die Zweifler zum Verstummen. Nein, das war doch unnatürlich. Nichts, kein vermaledeiter Fingerhut darf im Hause Wessa auf dem Fußboden liegen; sogar die Schuhe und Pantoffeln haben sich in ein dreistufiges Schränkchen einzufinden, sonst wird ihnen nirgends ein Aufenthalt gestattet.

„Sie muss sich gewehrt haben", wirft Krimi-Junkie Astrid, fast schon begeistert, ein.

„Wie de Deibel!", ist sich Kurt sicher. Und steigert: „Wie en Leeb!"

Den anschließenden Schluchzanfall unterbindet der Lardo bereits im Ansatz, er kann so was nicht leiden, vor allem bei Männern nicht.

„Ruhe bewahren. Erst mal Ruhe bewahren."

So bleibt dem verstörten Kurt nichts übrig als sich erneut mit Schorle zu therapieren, einige Augenblicke bei dem schrecklichen Wort „Entführung" zu verweilen ... und schließlich die nächste Phase der Bestandsaufnahme einzuläuten.

„Du hast doch sicher schon die Polizei ...?", startet Patrizia die ebenso erwartungsgemäße wie zwecklose Nachfrage.

So aufgebracht hat man den Kurt aber selten erlebt: Ums Haar lässt er sich dazu hinreißen, den Kumpan am Hals zu packen. „Pscht, bischt verrickt! Ich derf doch net! Des steht doch uff em Zeddel!"

Die nachfolgende Stille, unterbrochen von leise nachplätschernden, nutzlosen Widersprüchen („Also da dääte ich net so schnell ..." – „Als Staatsbürger ist man ja eigentlich verpflichtet ..."), leitet zu jenem Tagesordnungspunkt über, der Kurts Kumpels fast am meisten Kopfzerbrechen bereitet: Würde tatsächlich jemand, was für ein Schuft er auch sei, eine bejahrte Mutter entwenden, nur um ein paar Fläschchen Wein damit zu erpressen?

In allen Farben, derer seine Fantasie fähig ist, und da es sich um Wein handelt, erweist sie sich als außerordentlich fähig, schildert Wessa zunächst die vinologischen Schätze, die ohnehin in der Pfalzkellerei vorhanden seien, „Saar, Ruwer, Mosel, Franke, Rhoigau, Iddaljäner, die beschde Franzose", sprich „vun allem des Feinschde" und natürlich „die Palz ruff und runner!" Mitarbeiterstolz spricht aus seinen Worten, und warum denn auch nicht, schließlich, was wäre denn die notable Pfalzkellerei ohne ihn?

Wie aber werde dem Kenner erst zumute, fährt Kurt, der privat Kallstadter Kobnert aus dem Liter bevorzugt, immer ergriffener fort, wenn er jene heiligen Bezirke betrete, die, „wie Fort Knox gesichert", historische und „Weltweine von unsagbarem Wert" enthalten, von Winzern, Fachpersonal und Kunden ehrfurchtsvoll „das Archiv" genannt?

„Sag mal", beteiligt sich erneut Astrid an den Ermittlungen, „wie oft warst du denn da schon drin?"

„Noch gar net."

Ernüchternder noch die Antwort auf Lardos Rückfrage: „Und du hast also die Schlüssel zu Fort Knox."

„Klar. Also fast", räumt der Lagerarbeiter ein. Selbstverständlich habe er Zugang zu den äußeren Räumlichkeiten, auch zum Keller selbst; die Spezial-Chipkarten, die man fürs Allerheiligste benötige, müsse er natürlich nach Auffassung dieser Mistkerle illegal an sich bringen. In diesem Moment wird ihm wieder flau zumute: Erneut leuchtet der Begriff „Entführung" in seinem Innern auf, eine piepende Warnblinkanlage von enervierender Insistenz. Von Grund auf empört: „Entführt – mei Mudder!", rufend, will er sich dem Freund an die Brust werfen. Doch Lardo, das Unvermeidliche ahnend, hat sich bereits erhoben, um zum sechsten Mal an diesem Tag den kurvenreichen Weg ins Pinkelstübchen anzutreten. Kurt kommt fast aus dem Gleichgewicht, fasst sich aber schnell und spricht grimmig in seine Fäuste hinein: „Wonn ich die erwisch!“

Es dunkelt bereits ernstlich, als der Unterstützungsplan für Sohn und Mutter Wessa von den Freunden in erster Lesung beschlossen ist: Schon am Tag darauf werden sich Lardo und Bärbel einmal umhören. Das zerknitterte Erpresserschreiben, auf Nachdruck vom Bedrohten endlich vorgezeigt, hatte bei beiden gleichzeitig gewisse Assoziationen freigesetzt – mehr wollten sie augenblicklich nicht verlautbaren. Als sich die Runde, zuletzt noch vervollständigt von Gudrun, Astrids Cousine und Hans-Werner, Holzkäfer ältester Schule, schließlich aufzulösen beginnt, bietet Patrizia dem armen Kurt ihren Geleitschutz an.

„Nää, Liewi, des is lieb vun därr, ich muss awwer noch was erlediche ...“

Genaueres ist Kurts Gebrabbel nicht zu entnehmen. Des Trostes bedürftig, ließ Kurt an diesem schwierigsten Abend seit Claudis Flucht mit Timmi wohl zwei Schorlen mehr als üblich in sich rinnen.

„Lasst ihn“, hält der Lardo die andern zurück, „der muss sich erst mal selber zusammensammeln.“

Wiederum auf dem Goerdelerplatz, der Holzwolle-Geruch lastet heute Abend besonders schwer über der Stadt, kommt Wessa ins Grübeln. Nein, nach Hause will er nicht, kann er nicht: Wie furchtbar würde ihn das leere Häuschen jetzt angähnen, welche Sorgenwucht müsste ihn schon auf dem Treppenabsatz treffen! So verfällt er auf den tollkühnen Gedanken, seinen Sohn anzurufen; seit dem zweiten Weihnachtsfeiertag hat er ihn nicht mehr gesprochen. Wer weiß, Tims Intelligenz ist der seinen weit über, vielleicht hat dieser aufstrebende junge Mann, sein eigen Fleisch und Blut, die rettende Idee.

Kurt wurstelt das Handy aus der Tasche, von Tim einst „Seniorentelefon“ getauft, und drückt die Nummer. Fast hätte er die falsche erwischt, das Festnetz, also Claudi. Und mit der würde er über sensible Angelegenheiten niemals mehr sprechen; schlimm – sie hat sich eine Art angewöhnt, betont langsam und überprononciert zu ihm zu reden, als sei er geistig zurückgeblieben und Pfälzersein bereits Anlass genug, circa Pflegegrad zwei zu beantragen.

Tim nimmt tatsächlich ab. Doch die Reaktion fällt erwartungsgemäß enttäuschend aus: „Du, Papa, bin grad mit Trüffel draußen, versteh dich ganz schlecht …“

Eigenartig, zweifelt Kurt, jedes Mal, wenn ich ihn anrufe, ist er mit diesem überzüchteten Rassehund unterwegs und hat Empfangsprobleme. Noch zwei, drei Versuche, das Gespräch neu zu starten, da wird es komplett unterbrochen. Betrübt starrt Kurt in den Apparat. Und setzt sich langsam wieder in Gang, ein paar Schritte, hält inne, zieht weiter. Doch nicht Richtung 3. Schneeglöckchenweg, auch nicht zurück zum Maffenbeier, sondern woandershin. Aber was soll er da? Merkwürdig, es saugt ihn in die schmalen Hemshofstraßen hinein, widerstandslos folgt er, verwirrt, verzweifelt, überfordert. Es ist alles so anders, heute Abend. Die Luft kommt ihm seltsam vor, irgendwie sämig, es hat kaum abgekühlt. Das Licht der Straßenlaternen scheint eigenartig rosa oder orange, richtig kitschig. Ist es wirklich gestreift?

Als er an einer der winzigen türkischen oder albanischen Kulturkneipen vorbeikommt, beginnt Kurt an seiner Wahrnehmung zu zweifeln: Wächst da nicht ein Pferdekopf vor seinen Augen aus der Hauswand? „Fallada, da du hangest", geht es ihm durch den Sinn, doch statt anzuhalten und sich die Sache genauer zu besehen, drängt es ihn immer weiter, ohne zu eilen, doch unverdrossen. Hatten denn, fragt er sich, die Autos im Hemshof schon immer so einen moosartigen Überzug? Es hat doch gar nicht so viel geregnet, diesen Sommer! Wann hat es überhaupt zuletzt geregnet? Kurt kann sich nicht entsinnen. Am Stadthaus Nord erschreckt ihn ein Warnschild: „Vorsicht, Sprengarbeiten!" Wird das Ding denn auch abgerissen? Wie alles andere hier? Davon hat er gar nichts mitbekommen, nein, rein gar nichts. Um der womöglich in Kürze stattfindenden Detonation zu entgehen, versucht er seine Schritte zu beschleunigen, allein, es gelingt nicht.

Wo ist denn eigentlich das Rathauscenter hin?

Da entdeckt er es, aber viel weiter links als er es in Erinnerung hat. Und warum ist es plötzlich vollkommen zugerankt? Üppige Kletterpflanzen schießen daran empor, elegante Lianen schweben im Wind. Als er von drinnen, tief aus dem Gebäude, langgezogene Schreie hört, wie von Beos oder sonstigen Urwaldviechern, möchte er abermals so schnell wie möglich weiter. Aber an dem zähen Tempo lässt sich nichts ändern; so kriecht er die Maxstraße hinauf, beständig sich umsehend, welcher Sinneseindruck ihn als Nächstes auf die Probe stellt. Doch bis zur ehemaligen Fachhochschule fällt ihm nichts auf.

Das Betongebäude wurde zu einem Schwimmbad mit Nachtbetrieb umgestaltet. Kurt riecht das Chlor, vernimmt kichernde Stimmen, das Einschlagsspritzen der Turmspringer ins tiefe Becken, Lautsprecherdurchsagen des Bademeisters. Auch der Lutherturm wurde scheinbar renoviert: Hoch wie der Kölner Dom ragt er in den rosa-orange-gestreiften Himmel und ... kein Zweifel, nicht nur der Turm: In gewaltigen

Dimensionen hat man das restliche Kirchengebäude ergänzt, prachtvolle Gotik – so etwas hat man in Ludwigshafen noch nicht gesehen.

Mal genauer, bei Tag, in Augenschein nehmen.

Und noch eine Sensation hält dieser Abend für den von seiner Mama verlassenen Halbschlafwandler bereit, weniger spektakulär vielleicht für Nicht-Eingeweihte, doch für einen wie ihn ein unverhofftes Glück, nahe am Höchstmaß seiner Erlösungsvorstellungen: Als er, alter Gewohnheit folgend, ein Stück die Kaiser-Wilhelm-Straße entlangschlurft und wie ungezählte Male zuvor zu einem seiner einstigen Lieblingsaufenthalte hinübersieht, sind die altbekannten Glasbausteine erhellt. Ist es möglich, dass Dietrichs Bierakademie wieder geöffnet hat? Wie Fieber durchfährt es ihn, im Schwindel nähert er sich dem Gasthaus, das ihn so oft beschirmt, gelabt und wiederbelebt hat.

Statt der Kreidetafeln, einstmals schwungvoll beschrieben (Kotelett mit Karottenstampes, eingelegter Andechser Käse mit Bratkartoffeln, Saure Heringe mit Pellkartoffeln ...) findet er ein schmales Plakat: „Der Schatten wird länger." Unschlüssig bleibt er vor der Tür stehen. Musik dringt durch den Spalt nach draußen. Kurt lauscht wie verzaubert. Mit einem Mal wird die Musik lauter. Kurt fährt hoch aus seiner Trance; zwei Frauen in Abendkleidern sind zu ihm herausgetreten, zünden sich Zigaretten an. Soll er es wagen, sie anzusprechen?

Es bleibt ihm keine andere Wahl.

„Schuldichen Sie, seit wonn hot en des widder uff?"

„Bitte?"

Mehrmals muss Wessa seine Frage wiederholen. Es hat den Anschein, dass jeder Buchstabe einzeln von dieser cremigen

Abendluft verschluckt wird wie Nudelsuppe von einem kranken Kind, dass er sich den beiden Raucherinnen nicht verständlich machen kann. Kurz stecken die zwei die Köpfe zusammen, dann öffnet ihm die kleinere die Tür und nickt ihm aufmunternd zu. Zögernd steigt er die Stufen empor, bedankt sich wieder und wieder bei den Frauen und betritt den bekannten, gelberleuchteten Gastraum. Dabei geht es ihm wie ein Märchen durch den Kopf: Wenn ich hier je wieder rauskomme, sind hundert Jahre vorbei!

Ist es zu glauben? Sein alter Ecktisch blieb unbesetzt. Halb grüßend, halb sich wegduckend, humpelt er an seinen Platz und lässt sich nieder. Kaum jemanden erkennt er wieder, nur einige Gäste von früher, aber mit denen hatte er wenig zu tun. Doch die karierte Decke, der Aufsteller mit den Bierdeckeln – alles wie sonst. Auch die Tafeln an der Wand („Und es sprach eine Stimme aus dem Dunkel ..." – „Gulaschsuppe mit sichtbarem Fleisch!") sind noch da. Vor der Theke haben sich ein paar Leute positioniert, die offensichtlich etwas vortragen. Mal wird gelesen, mal musiziert und gesungen.

„Des war frijer awwer net", wendet sich Kurt an einen schräg vor ihm sitzenden Gast, dessen Gesicht ihm vertraut vorkommt.

Doch auch hier drin scheint es nicht weit her zu sein mit seiner Artikulation. Verständnislos lächelt ihn der Angesprochene an, zuckt die Achseln, erhebt sein Glas und ruft auf Serbokroatisch: „Jivijo!"

Sonderbar, dass auf einmal ein Teller vor Kurt Wessa steht, in Gesellschaft eines Krugs Rheingönheimer Weizenbiers, sogar mit Zitrone. Hat er denn überhaupt etwas bestellt? Dies ist der Moment, in dem er beschließt, nichts mehr zu fragen, sondern sich den Geschehnissen hinzugeben. Denn was könnte ihm Besseres passieren als eben jetzt hier zu sein?

„Bin ich vielleicht gestorben?“, fragt er sich.

Während drüben die Band wieder startet, wendet sich Kurt mit Eifer dem belegten Leberwurstbrot zu, verziert mit Senf und Gürkchen und in dreifacher Ausfertigung.

Auf einmal, wer sagt’s denn, hat er wieder richtig Hunger.

„Dieser Schlurch!“ Bärbel ärgert sich, aber nicht so richtig. Sie kennt ihn ja, den Lardo und seine Auffassung von Pünktlichkeit. Trotzdem, sie länger hier warten zu lassen als nötig, erscheint ihr als Zumutung. Nur noch anderthalb Stunden, dann ist Dienstbeginn. Bärbel lässt niemanden warten. Den Verkehr der Bruchwiesenstraße im Nacken, vor sich den zwar durchaus stimmungsvollen Ausblick auf die schilfbewachsenen Gestade der Blies, doch ebenso jede Menge Müll. Da hat Ludwigshafen schon mal eine Parkanlage, aber nein, statt das Kostbare zu ehren, müssen die Leute mit Dreck schmeißen. Erschöpft, genervt und müde lehnt sie die Stirn auf die Arme, die sie auf ihren Knien überkreuzt hat.

Auch keine gute Idee.

Denn jetzt erblickt sie aus nächster Nähe, was sich unter der Bank befindet, auf der sie schon eine Viertelstunde ausharrt. Warum ist es unter Parkbänken eigentlich immer feucht? Es hat doch ewig nicht geregnet! Und warum befindet sich dort immer das gleiche fiese Sammelsurium aus aufgedunsenen Zigarettenfiltern, benutzten Papiertaschentüchern, ausgelutschten Pistazienschalen, etwas Klopapier, einem Stück Eisverpackung mit Wespe, manch schillerndem Sputum ... und wie dem nicht anders sein kann, arbeitet sich jetzt auch noch so ein Kriechtier unter einem schwefelgelben Ohrenstäbchen hervor.

„Verdammt noch mal!“, springt Bärbel auf, reichlich angekotzt.

„Was ist denn los?“, wundert sich der Lardo, soeben den Rasenhang zu ihr hinunterhampelnd. „Bin doch fast pünktlich.“

„Hat nix mit dir zu tun.“

Bärbel verspürt wenig Neigung, dem Vertrauten den Grund für ihren Gefühlsausbruch zu nennen.

„Wo ist denn der Randy?“

„Will nicht.“

„Wie: Will nicht?“

Schön hatten sie sich das ausgedacht, gestern Abend, waren richtig stolz, Spontanhilfe zu leisten. Als Kurt den Erpresserbrief vorgezeigt hatte, waren sie beinahe gleichzeitig auf denselben Gedanken gekommen. Es hatte mit dieser Formulierung zu tun, diesem ungelenken, halb dialektgeprägten, halb rechtschreibunkundigen: „Wen du dich weigers ...“ Höchstens vier Jahre her, hatte es ein paar dumme Vorfälle gegeben, als einer dieser Vollidioten aus dem Umkreis der „Checkers“ (einer peinlichen Jugend-Gang – schon dieser Name!) sich dilettantisch in Kleinkriminalität versuchte. Unter die fast ausnahmslos schiefgegangenen Aktionen war auch ein höchst unangenehmer Zwischenfall zu rechnen, ein Drohbrief, der dem Maffenbeier galt. Jeder Gastronom kennt das, irgendwann tauchen unangenehme Leute auf und wollen Anteil an dem vermeintlichen Riesenerfolg – zum Reihern ist das!

Weder Bärbel noch Lardo, den man seinerzeit aufgrund seines enorm weitgespannten Netzwerks sogleich hinzugezogen hatte, wussten noch genau, was gefordert worden war. Aber an den Namen des Arschlochs, das dafür hauptverantwortlich war, konnten sie sich noch gut erinnern: Branko, Spitzname Batscher – genauso bescheuert wie der Cliquen-Titel. Nun, dass der Batscher bald darauf nach Schifferstadt abgewandert war, wussten sie noch. Doch weder die Aufenthaltsdauer in der dortigen Straf- und Heilanstalt noch sein weiterer Lebensweg waren ihnen bekannt.

Immerhin einen sachdienlichen Hinweis konnten sie sich selber geben: Randy. Seit er Vater von Zwillingen geworden war, hatte sich der gebürtige Hemshöfer „aus dem operativen Geschäft“ zwar zurückgezogen, doch wenn jemand etwas über das Schicksal des Branko wusste, dann er, Spießgesell seit Schultagen und an so manchem Schwachsinn beteiligt. Den Plan, den Schützling von einst an der Blies zu treffen, hatten Bärbel und Lardo noch nachts am Telefon gebastelt. Das war nicht weit von Randys Wohnung – und der wollte bestimmt nicht, dass irgendjemand von früher bei ihm aufläuft. Lardo hatte es übernommen, ihn zu kontaktieren. Doch das war nicht zustande gekommen; morgens hatte er Randy nicht erreicht und auf die Nachricht hin, die er ihm aufs Band gesprochen hatte, war nichts passiert. Dann rief ihn Randy doch noch zurück, hatte ziemlich hektisch geklungen, ja, gut, ok, sie könnten sich kurz treffen, aber er hätte mit den Kindern zu tun und könne nicht lange.

Frohgemut war der Lardo gestartet (beinahe pünktlich, was war nur mit ihm los?), doch unterwegs hatte Randy doch noch mal angerufen, hey, was soll das eigentlich, bin ich euer Auskunftsbüro oder was? Wie es seine Art ist, hatte Lardo die Ruhe bewahrt und in kurzen Worten geschildert, ja, es sei wirklich dringend ... und dann den Fehler gemacht, das tatsächliche Anliegen vorzeitig auszuplaudern.

„Und dann? Und dann?“ Ungeduldig trippelt Bärbel mit den Fingerkuppen an ihrem Hosenbein auf und ab.

„Jetzt lass mich doch mal erzählen!“

Gehetzt werden kann der Lardo gar nicht leiden. Drum berichtet er jetzt umso langsamer und – wie es Bärbel scheinen will – konfuser. Also, den Branko habe der Randy laut eigener Aussage seit Langem nicht mehr gesehen, wisse auch überhaupt nicht, was all die Leute von damals so trieben und sei gottfroh darüber.

„Gottfroh hat er aber nicht gesagt."

„Is' ja egal." Lardo schnippt ein Insekt von seinem solventen Unterbauch, heute trägt er wieder sein Lieblings-T-Shirt in „sanftrot", also ausgebleicht, und erbarmt sich der Ungeduldigen.

„Bärwel, so kummen ma net weider", fällt er kurz ins Pfälzische und ergänzt mit einem Seufzer: „Schad!"

„Glaub ich nicht so ganz", sinniert Bärbel. „Der will nur nicht. Irgendwas hat er bestimmt mitgekriegt – kann ja nicht sein ... oder er kennt wen, der wen kennt ..."

Lardo blinzelt über den See: „Wahrscheinlich. Wahrscheinlich hast du mal wieder recht."

Es steht ihm miteins vor Augen, dass womöglich noch eine ganze Menge Aktionismus in dieser Sache nötig werden könnte, was ihn mit tiefer Melancholie erfüllt ... ist es doch sein Bestreben seit manchem Jahre, am liebsten überhaupt keine Tätigkeiten auf sich zu ziehen, sie lieber unaufgestöbert zu lassen in ihren Verstecken, wo sie ja nur darauf warten, erbarmungslos nach ihm auszuschnappen. Es sei denn, man zählt das Einschenken von Schorle dazu.

Oder das Austrinken.

Krieg den Hütten!

Wie es beim Einsatz der Sonderpolizei gegen die Bevölkerung der Elendsviertel zugegangen ist. – Welche Reaktionen darauf erfolgen und von wem Kritik geübt wird. – Was der Kurt auf einmal alles vorhat und sogar die Pfade der Legalität verlassen muss. – Wie man einen Brief an schlimme Verbrecher schreibt. – Wie es in der Wohnung drinnen aussieht, als der Kurt nach Hause kommt, und warum die Bärbel die Treueste von allen ist.

So einen Polizeieinsatz hat Ludwigshafen lange nicht erlebt. Womöglich, mutmaßen die Älteren, habe es eine derartig personalintensive Operation zuletzt vor dem Umbau des Südweststadions gegeben, seinerzeit, als der SV Südwest noch im DFB-Pokal gegen Kaiserslautern siegte oder die Waldhöfer unter Schlappi Schlappner in den 80ern zu Gast waren. Diesmal gilt die Aufmerksamkeit der Exekutive jedoch nicht gewalttätigen Hooligans aus anderen Städten, sondern der eigenen Bevölkerung. Genauer: einem gewissen Teil der eigenen Bevölkerung. Und ganz genau: den etwa 1.000 Bewohnerinnen und Bewohnern in den abgewrackten Wohnblocks der privaten Immobiliengesellschaft DBW. Nun, gewiss nicht allen, wie eine Polizeisprecherin tags darauf versichert; allerdings, die Faktenlage, die Ergebnisse, die über 4.000 Hinweise hätten sich in einer Art und Weise verdichtet, dass der im Mordfall Büsode gebildeten SOKO gar nichts anderes übrig geblieben sei als eine solche Maßnahme ... äh ... anzuregen.

POLIZEI

Es dauert gut 24 Stunden, bis die Medien, ihrer Art gemäß, reagieren. Zunächst hatte es noch nüchtern geheißen: „Ermittlungen am Bamberger Platz und in der Kronstadter Allee angelaufen." Dafür interessierte sich freilich noch kaum jemand, es sei denn, man wohnte selber dort. Fast einen halben Tag später machte die Meldung eines privaten Nachrichten-Senders die ersten hellhörig: „Konzertierter Polizeieinsatz in zwei sozialen Brennpunkten."

Dann freilich ging es Schlag auf Schlag: „Anwohner fühlen sich bedroht – Vorgehen der Polizei unangemessen?" Der Bildzeitung freilich blieb es vorbehalten, die erste Eskalationsstufe zu mauern: „Es war wie im Bürgerkrieg! Augenzeugin berichtet." Und die taz konterte in den frühen Morgenstunden: „Polizei stürmt Wohnviertel. Zahlreiche Prügelopfer bei armeeähnlichem Einsatz."

Ungeachtet der öffentlichen Teilnahme, reagieren die unmittelbar Betroffenen zunächst schockiert, dann mit Empörung. Frühmorgens, vor Schulbeginn, so lässt sich rekonstruieren, aber nicht dermaßen früh wie gewöhnlich, wenn die Leute aus ihren Betten heraus verhaftet werden, fuhren zeitgleich mehrere Mannschaftswagen in besagten Quartieren vor und riegelten die Fluchtwege ab. Ob nun „mehrere Hundertschaften", wie einige Anwohner versichern oder „deutlich weniger als vierzig auf derartige Einsätze vorbereitete Spezialkräfte", wie es in der offiziellen Verlautbarung hieß, der Eindruck auf die Erwachenden, vor allem aber auf einige Schulkinder, die das ungewöhnliche Vorgehen direkt mitbekommen, ist enorm: einschüchternd, wieder einmal extrem stigmatisierend und zutiefst wutschürend.

Bernadette Schneck, vierfache Mutter und immerhin zweifache Oma, lebt in der Einrichtung zum Übergangswohnen am Bamberger Platz in sechster Generation, vorgeschriebene Höchstaufenthaltsdauer sind laut Gesetz sieben Wochen, aber wer kommt hier schon raus?

Wie so oft, wenn die Kinder aus dem Haus und die Enkel noch nicht eingetroffen sind, schaute sie ein bisschen aus dem Fenster im vierten Stock. So kann sie als Hauptzeugin des Geschehens angesehen werden, obwohl ausgerechnet sie von keinem Reporter und keiner Kamerafrau ausfindig gemacht wird. Ihre Beobachtung ist auf alle Fälle erstaunlich und soll deswegen wiedergegeben werden.

Sie erlebte die Maßnahme als Einbruch des Unwirklichen ins Alltagsgeschehen, sogar eine seltsame Schönheit reklamiert sie: „Von hier oben“, so Frau Schneck, „sah das aus wie ein Ballett: Wie die gleichzeitig eingeparkt haben, wie exakt die ihre Maschinenpistolen so schräg gehalten haben, mit welcher Präzision die Hunde nebeneinander her gehechelt sind – Wahnsinn!“

Wer sich weiter unten aufhielt, machte andere Erfahrungen. Am schlimmsten traf es Familie Bullriegel, die gleich dutzendfach und über fünf Generationen verteilt betroffen war. Angefangen hatte es mit den Brüdern Jason und Winfried, die sich schon vom Auftauchen der Polizeiwagen provoziert gefühlt und die Aufnahme ihrer Personalien verweigert hatten. Schwester Calina, eine ihrer Freundinnen, sowie eine Ex-Freundin von Jason hatten die Szene beobachtet und sich auf Rache sinnend auf die Polizisten gestürzt. Da sie keine Chance hatten, wurden sie zunächst von ihren eigenen kleinen Kindern, sodann von einem Großelternpaar und sogar noch von einer der Urgroßmütter energisch unterstützt. Es gab Festgenommene und Verletzte, darunter drei Polizeibeamte.

Vor allem die Tatsache des raschen Vorgehens einiger Einheiten, die in Gänge und Wohnungen eindrangen, ohne erkennbares Feingefühl Personen überprüften und bei Gegenwehr verschärft bis rabiat reagierten, erzeugte Unverständnis und Zorn. – Binnen einer Stunde ist von dem Überfall nichts mehr zu sehen; doch auf den Plätzen versammeln sich nach und nach alle, die sich noch fortbewegen können, und gleichen die Erfahrungen miteinander ab. In dem gewaltigen Durcheinander von Rede und Gegenrede wird vor allem eine Frage laut, die wie keine andere die Empfindungen der Überraschten zusammenfasst: „Was waren des jetz?"

Die Reaktion der Wohlfahrtsverbände und einiger kirchlicher Institutionen lässt nicht lange auf sich warten. Während eines spontan einberufenen Gottesdienstes in der Apostelkirche spricht ÖMD-Leiter Werner Mutzenbacher vor 400 Menschen: Es könne nicht angehen, dass wiederholt Pauschalverdächtigungen und Vorausverurteilungen diejenigen treffen, welche sich am wenigsten wehren können. Gerade als Initiator des Hilfsdienstes, wo der Tote aufgefunden wurde, fühle er sich verpflichtet, im Zusammenhang mit der Strafverfolgung an Fairness, Augenmaß und Sachlichkeit zu appellieren. Von nun an erwarte man einerseits deutlich mehr Fingerspitzengefühl, andererseits endlich stichhaltige Ergebnisse.

Und außerdem eine Entschuldigung.

In der Folge kommt es zu Solidaritätskundgebungen in der Stadt sowie aus anderen Kommunen, sogar in Frankreich, England und Italien erklären Journalisten ihr Unverständnis. Der Guardian titelt: „Demokratie in Deutschland: Ja, aber wirklich auch für alle?" Im Internet wird mehrere Stunden lang keine Rubrik so oft angeklickt; Polizei, Stadtverwaltung und vor allem die Deutsche Basis Wohnen, durch Enthüllungsbeiträge bloßgestellt, geraten zunehmend unter Druck. Die Ergebnislage der einmaligen Operation, Tarnname „Morgenlerche", jedenfalls fällt dagegen desaströs aus: Man habe, so eine Sprecherin der Staatsanwaltschaft, durchaus relevantes Material sichergestellt und wichtige weitere Zeugenaussagen protokolliert. Auf die Frage hin, ob dies nicht auch mit friedlicheren Mitteln möglich gewesen wäre, gerät sie ein wenig ins Stottern.

Als besonders ungeschickt in Planung und Ausführung wird die Aufsehen erregende Maßnahme nicht zuletzt deshalb bewertet, da in den Tagen zuvor eine gewisse Beruhigung der öffentlichen Debatte im Fall Büsode eingetreten war. Wie üblich, begannen andere, vor allem überregionale Vorkommnisse die Spekulationen um Tathergang und Täterkreis allmählich zu verdrängen; die Strategien schienen wieder zu funktionieren, und die Leute, schnell ermüdet, beschäftigten sich lieber mit den neuen Wetterhochrechnungen („Vertrocknen wir im nächsten Sommer alle?"), dem anstehenden Sport-Großereignis, einer neugeborenen Prinzessin und einem Bikini-Foto, das eine Sängerin tatsächlich von sich selbst angefertigt hatte.

Doch jetzt steht der Mordfall wieder im Fokus. Und von Neuem beginnt sich die Spirale der Verdächtigungen und Unschuldsbekundungen schneller zu drehen ...

Kurt Wessa bekommt von alledem nur am Rande etwas mit. Er ist dauerhaft in Anspruch genommen in einer Weise, die deutlich über seine Kräfte geht. Dabei hat er doch mit der Hitze schon genug zu schaffen.

„Wann ich des durchsteh', dann ..."

„Dann?", fragt Astrid besorgt.

„Dann mach ich's sowieso net mehr lang."

Und zum Zeichen seiner gesundheitlichen Beeinträchtigung fasst er sich so dramatisch ans Herz, dass Patrizia nichts übrigbleibt als gutmütig zu unken: „Wann du dir ins Herz schießt, zielste eh daneben."

Kurts Besuche im Maffenbeier werden seltener und kürzer; seit dem sonderbaren Abend, als er den Drohbrief entfaltete, ist offensichtlich eine Veränderung bei ihm eingetreten. Diese anspruchslose Gelassenheit, die seine Freunde an ihm schätzen (und seine Frau in den Wahnsinn getrieben hat), ist einem Ernst gewichen, der sicherlich und hoffentlich nur vorübergehender Natur sein kann. Patrizia, die den heimischen Herd bei ihrer Mama niemals verlassen hat, macht sich besondere Sorgen um den Schützling. Zuletzt will sie an Kurt „eine nie gekannte Entschlossenheit" festgestellt haben.

„Am Kurt?"

„Der hot so was um die Auge ... Ich glaub, der hat ... der hat ... der hat was vor!"

Womit die Stammtisch-Schwester nicht ganz falsch liegt. Einen Tag zu spät – aber immerhin – findet sich Wessa an der Theke eines Schlüsseldienstes ein, im Rathaus-Center befindlich, das, Gott sei's gedankt, wieder ein Einkaufszentrum beherbergt und kein exotisches Kletterpflanzenparadies. So weit durchschaut er seine Handlungen gerade noch, dass er eigentlich nicht unruhig werden müsste, als der kurdische Fachmann für Nachanfertigung die beiden Pfalzkellerei-Schlüssel genau betrachtet. Das muss er ja, versucht Kurt sich zu beruhigen und deutet dennoch jede Regung so, als werde er gleich gefragt: „Sagen Sie mal, dürfen Sie das überhaupt?"

Und tatsächlich, beim zweiten gibt es Probleme.

„Das ist ein Extraschlüssel. Ich weiß nicht, ob ich den nachmachen kann."

„Un warum?“

„Weil Extraschlüssel.“

„Un wie lang dauert des?“

Die Auskunft beruhigt ihn ein wenig: Schon in einer Stunde darf Kurt wiederkehren, allerdings bestehe keine Garantie. Unter schweren Gedankenwolken, die seiner Mutter gelten, verlässt Wessa das Rathauscenter und streunt Richtung Ludwigsplatz. Wieder und wieder quält ihn dieselbe Vorstellung: dass sie die Strapazen nicht überstehen werde ... dass diese Mistkerle sich an ihrer Wehrlosigkeit weiden ... dass ... dass ... dass ...

„Muss merr net mehr grieße?“

Kurt schreckt hoch: Ein Kollege von früher. Frohnatur, immer ein Sprüchlein auf den Lippen, meist dasselbe, stets fidel, sommers wie winters sein „witzisches Hütel“ in Grün auf dem Kopf ... Niemals hätte Kurt für möglich gehalten, dass einen so jemand derartig nerven kann. Wie kann man nur über dermaßen wenig Einfühlungsvermögen verfügen, kurz, so olwer sein und einen Mitbürger dermaßen erschrecken? Tja, so verändern einen die Umstände, sinniert er bitter. Wird aus dem leutseligen Kurti am Ende noch ein Menschenfeind? Es dämmert Wessa, aber nur von Weitem, dass ein Grundzug jener Mentalität, die sich selbst unaufhörlich preist, der vielbesungenen „Pfälzer Urrumpeligkeit“, ihm allmählich ziemlich auf den Keks geht.

Kurt vernimmt die Stimmen der Spätfrühstücker auf der Terrasse des Café Laul, beobachtet die Taxis vorm Hotel Europa, schaut interesselos zu den Platanen hoch, deren Schatten ihm viel weniger schattig vorkommt als früher. Natürlich ist es ihm viel zu warm, Halbarm- plus Unterhemd, das trägt doch heute kein Mensch mehr. Vor allem nicht diese Schülerinnen, die, nahezu unbekleidet, im Dutzend an ihm vorüberwehen.

„Guck mal, 'n Stalker!"

Galt das ihm? Ohne sich umzuwenden, bricht er auf, bemüht, sich so langsam wie irgend möglich fortzubewegen, doch er geht wie immer. Exakt 25 Minuten zu früh steht er wieder vor dem unfreiwilligen Schlüssel-Fälscher und wird fröhlich begrüßt: „Hat geklappt."

Erstaunt über den geringen Betrag, gibt Kurt sogar ein kleines Trinkgeld und verfügt sich Richtung Post. Kurz hinterm Eingang bleibt er stehen, so wunderkühl weht es ihn aus der Klimaanlage an. Oh, welche Gnade! Unwillkürlich nimmt er sein Hemd an den Schößen und fächelt. Hätte er doch bloß so ein Ding zu Hause eingebaut, das wäre was für Muttis Schlafzimmer unterm Dach ...

„Hey, kammer mol weidergeje? Dort vorn is die Schlong!"

Von einem Mann mit Paket in den Maßen eines Klohäuschens wird der Erholungsbedürftige zur Seite gedrängt. Zum dritten Mal in kurzen Abständen beschwert sich jemand darüber, dass er da ist. Wird das langsam zum Volkssport? Nicht zu glauben! Wie soll das werden, wenn man richtig alt ist? Nun, wenn das alles so weitergeht, kann er sich den Gedanken ohnehin ersparen. – Voll Ingrimm ersteht Wessa einen Umschlag, einen Schreibblock und einen Edding in Blau, hockt sich auf eine unbequeme, viel zu kleine Plastik-Drehscheibe und schreibt den Entführern einen Brief.

Häufig unterbricht er sich selber, es ist so schwer den Ton zu treffen – und wie redet man Verbrecher überhaupt an, und wie endet man? „Sehr verehrter Herr Schwerstkrimineller ... mit den besten Wünschen für einen möglichst langen Knastaufenthalt?"

Zum Schluss ist er einigermaßen zufrieden; die Drohung, dass er, im Falle, seiner Mutter stoße etwas zu, die Täter verfolgen werde bis wer weiß wohin, hat er rausgelassen. Immerhin muss er ja vermitteln, dass es nicht sinnvoll ist, jetzt schon die Chip-Karte zu entwenden, das würde sofort auffallen. Wenn, dann sei dies nur möglich kurz vor dem beabsichtigten – hier zögert er noch einmal ... und entscheidet sich für „Wein-Raub."

Wenigstens eine Befürchtung: Das Fach nicht zu finden, wo er den Umschlag deponieren soll, erweist sich als unbegründet. Doch fühlt er sich dabei fortwährend beobachtet und sei es durch Video-Kameras, weshalb er, um eine immer noch leidlich vorhandene Souveränität zu signalisieren, nach vollzogener Handlung siegesgewiss nach oben grinst: So! – Kurz darauf, in der Straßenbahn, wird ihm wieder schwindlig. Er fährt eine Station weiter als üblich, nur um noch ein bisschen sitzen bleiben zu dürfen. So kommt er auf dem Nachhauseweg in der Nähe seines Arbeitsplatzes vorbei, und ein abgründiges Gefühl von Verrat überschwemmt ihn. Wenn das rauskommt ... Niemand, in der gesamten Pfalzkellerei nicht, hätte so etwas je von ihm angenommen.

Der schmachzerknirschte Verräter hat die Küche bereits betreten, als ihm auffällt, dass die Wohnungstür offensteht. Dann fällt sein Blick auf das Spektakel der Gegenstände: So gut wie nichts steht noch an seinem Platz. Das meiste liegt zerbrochen: Mutters Obstschale, ihre Stehlampe, das gute Kaffee-Service aus dem Eckschrank, die Kaffeemaschine, Gipsfigürchen, Vorhänge, das Medizinschränkchen, die kristallenen Weingläser, Zeitschriften, Arztromane, Rätselhefte, alles ist durcheinander geworfen, ein paar Stühle sind umgestürzt, auch sein hölzerner Herrendiener im Flur ... nur nicht der Wohnzimmertisch. Und die Nähmaschine. Darauf: Kurts Lieblingsdubbeglas!

Ehrfürchtig schreitet er darauf zu, in Angst, durch eine Panikbewegung auch noch das letzte wertvolle Gut, das ihm geblieben ist, zu zerstören. Fest nimmt er es in die Hand, und anstatt zu jammern, nähert er sich männlich dem Kühlschrank und öffnet. Hier haben die Vandalen nicht zugeschlagen, hier herrscht noch Ordnung. Tief einatmend, greift Kurt nach Riesling- und Sprudelflasche und begibt sich, die abgerissene Garderobe nachschleifend, ins Wohnzimmer zurück.

Auch an diesem Nachmittag wird Kurt nicht im Maffenbeier erscheinen. Tisch 5 hat von Anfang an kein gutes Gefühl, doch man hält insgesamt wenig von Übertreibungen. Vor allem Hans-Werner ist gut darin, sinnreiche Ausreden zu finden, nicht zuletzt, weil er selber keine Lust hat aufzustehen und etwas zu unternehmen.

„Vielleicht braucht er einfach ein bisschen Ruhe ..."

Missmutig hat Bärbel den Kommentar aufgenommen, vor allem Lardos erleichtertes Nicken, denn heute ist Zigarrenabend, und mitten in seiner Pfalzzigarre tendiert der Genießer schon immer zur Amoral. Mit Absicht zu fest stellt Bärbel einen Weizenbierhumpen ab, dass es spritzt, murmelt etwas wie „schöne Freunde" und nimmt am Nachbartisch die Bestellung auf. – Gut zwei Stunden später, Dienstschluss für heute, eigentlich fühlt sie sich elendiglich abgemattet, macht sich Bärbel auf in den Schneeglöckchenweg. Als sie Kurt endlich findet, auf dem Boden hockend, gegen das Sofa gelehnt, ein volles Glas in der Hand, blickt sie in ein verstörtes Antlitz.

„Des ist lieb vun derr, Bärwel. Guck dich emol um, hier! Awwer wääscht, was es Schlimmschte is'? Mir schmeckt kää Schorle mehr."

Die Sitzung

Wodurch sich kommunalpolitisches Engagement am meisten auszeichnet. – Wie die Bärbel und die Jenny die Flucht aus dem Rathaus ergreifen und dann erst mal zwei Milchkaffee brauchen. – Wieso Mutter Wessa so schlecht auf sich selbst zu sprechen und was alles passiert ist, als sie aus dem 3. Schneeglöckchenweg entwendet wurde. – Wo sich ungefähr das Versteck befindet, wie es da aussieht und mit welchen Mitteln die Seniorin ihre Entführer zu terrorisieren beginnt.

Bärbel erwischt sich dabei, wie sie sich mit einem Bleistift die Fingernägel, die gar nicht schmutzig sind, jetzt aber schon, reinigen will. Zuvor hat sie die Rauten der sinnlos über dem Saal schwebenden Holzkonstruktion mehrfach durchgezählt; erst kam sie auf 49, dann 56, dann wieder 49 – aber kann das sein?

Immer wieder tätschelt sie ihr wippendes Knie, fährt mit der Zunge die Zähne entlang (von innen) und malt idiotische Figuren aufs Blatt. Eine davon findet sie recht gelungen. „Gemeiner Gürtelfresser" schreibt sie darunter ... und muss sich extrem zusammennehmen, um keinen Lachanfall zu erleiden. Allesamt, so maßregelt sie sich selber, sind dies Verhaltensweisen, die aus Schul- und Studientagen ihr verblieben sind, von denen sie aber gar nicht wusste, dass sie noch da waren, so lange hatte sie es vermieden, sich den Qualen des Zuhörenmüssens dauerhaft auszusetzen.

Jenny neben ihr geht es besser. Sie entstammt der nächsten Generation, die erledigt alles per Handy, auch das Ertragen unerträglicher Sitzungen.

Während der Redner fortfährt, mit seiner vor Wichtigkeit dampfenden Gestik und beständigen Überbetonung im Singsang der Nüchternheit, versucht Bärbel ihren Ärger einzudämmen. Hätte sie bloß Hans-Werner den Vorzug gelassen! Oder Patrizia! Beide hatten sich freiwillig gemeldet, als es darum ging, eine Maffenbeier-Solidaritätsaktion für den Bamberger Platz zu starten und bei der öffentlichen Anhörung im Stadtparlament Farbe zu bekennen. Doch so richtig hatte Bärbel das den beiden nicht zugetraut, und wie hätte sie ahnen sollen, dass Lokalpolitik vor allem buddhistische Duldsamkeit einfordert, eine Gabe, die sie selbst zu keiner Zeit besaß.

„... wie Kollegin Stösser beim Fachtag ‚40 Jahre Zukunft' erschöpfend ausgeführt hat," spult der Dauerredner seine Dauerrede weiter, „sind es vor allem Strukturdebatten, die uns heute beschäftigen werden, zumal im Rahmen der Arbeitsgruppenbildung, die verwaltungsintern ja immer noch nach Äquivalenten sucht, allerdings sollten wir, wie Sie wissen, die Teilhabebeschlüsse der Aufsichtsgremien noch abwarten, aber da sind wir längst auf der Zielgeraden, wir werden auf alle Fälle Zeit finden, uns mit den integralen Merkmalen zu beschäftigen, die ja seit längerem, genauer seit dem 1.5., in das Positionspapier des GMAVD eingeflossen sind, ich vermute, Sie haben das alle gelesen, aber es handelt sich ohnehin, wie Kollegin Stösser so schön formuliert hat, um ein work in progress, wir werden – und da danke ich den Anwesenden für die exzellente Vorarbeit – uns einer Bilanzziehung widmen, die aus dem approbierten Systemerkennungsverfahren sich ausklinkt, die Notwendigkeit dazu besteht ja schon seit langem, wir werden und wir müssen im Sinne eines sukzessiven Kompetenzerwerbs vor der Matrix sämtlicher Reverenz-Größen einer Verteilergenauigkeit uns verpflichtet fühlen, die gegenüber den Zielrahmenkostenfixierungen vom 1.5. ein echtes Novum darstellt ..."

„Ich werd' wahnsinnig!" Bärbel handelt sich tadelnde Blicke ein, dabei ist der gezischte Kommentar nur an Jenny gerichtet. Leiser setzt sie hinzu: „Wo sind wir da bloß reingeraten?"

Verständnislos blickt Jenny von ihrem Handy auf. Ist sie nicht manchmal zu beneiden, die Jugend? Bärbel schüttelt den Kopf und winkt ab. Könnte sie doch selber so leicht in eine andere Realität hinüberwechseln wie ein Reh über die Landstraße, Hauptsache, sie müsste dieser Rede dieses Sitzungsleiters nicht weiter folgen. Um Gottes Willen, jetzt greift der Typ auch noch zu einer dieser entsetzlich zähen Brezeln, er wird doch nicht, doch, er wird, Bärbel graust es immer mehr: Schon als Kind hat sie sich gewundert, warum Leute, die beim Sprechen fressen, nicht für immer ins Gefängnis müssen. Doch da geht es schon weiter.

„... schon damals", der Dauerredner schluckt mühsam, „... hng ... hätten wir die Alarmglocken schrillen hören müssen, aber da befand sich die Branche ... hng ... will mal so sagen, noch im Dauerschlaf, was sich ja dann grundlegend und auf lange Sicht geändert hat, ein Glück ... hng ... es war noch nicht zu spät, wir werden, und das ist heute keine Selbstverständlichkeit, im Zusammenhang mit der Ausgabennivellierung im Basissegment unter allen Umständen eine life-size-gemäße punktgenaue ergebnisoffene Stammdatenerfassungsdiskussion in Gang setzen, die vor allem – ich glaube, auf der Fachtagung, „20 Jahre Zukunft" in Bad Honnef, da waren Sie, liebe

Kollegin Stösser, glaube ich, zum ersten Mal dabei – dem gegenseitigen Vertrauen, den soft skills, den in der Vergangenheit viel zu häufig vernachlässigten weichen Werten und Kompetenzen geschuldet sind, wir werden ..."

Nein, so hätte sich Bärbel Tag eins ihres kommunalpolitischen Engagements nicht vorgestellt. Der Lardo hat ja so recht gehabt, als er vorschob, den Randy unbedingt noch mal aufsuchen zu müssen, statt die Freundin in ihrem Gerechtigkeitswahn zu unterstützen. Das Entsetzen über den Polizeieinsatz in den Einweisungsgebieten rief immer mehr Aktive, die man lange nicht gesehen hatte, teilweise seit den Achtzigern nicht mehr, auf den Plan. „Und ihr", hatte einer der Alt-Sozen Bärbel mitten im Maffenbeier-Servierstress angepflaumt, „Ihr unternehmt gar nix? Lasst alles die Alten machen, he?"

Das saß. Nur der Lardo zuckte die Schultern.

Seit ihrer Kindheit hat Bärbel eine allerbeste Freundin, Jennys Mama Uschi, die am Bamberger Platz aufgewachsen ist. Beider Versuche, direkt vor Ort Leute zu rekrutieren, um bei der Sitzung zu protestieren, sind zunächst gescheitert; zum Glück hatte Jenny zugesagt, als angehende Journalistin Bärbel zum Sonderausschuss zu begleiten – doch „der Überfall", wie es die meisten nannten, kam erst als TOP 11 dran, und wie viele TOPs bereits verhandelt waren, Bärbel weiß es nicht mehr, sie ist in Trance, und der Redner redet, wahrscheinlich für immer. Eine zähe Masse überläuft sie, sie hat Angst zu ersticken, es ist verklumpte Zeit, verplempertes Leben – wie halten das die anderen Leute bloß aus?

„... hng ... und da werde ich vor allem auf die Ergebnisse des von der jüngst eingesetzten Landesarbeitsgemeinschaft der DGMAV in Gang gesetzten Unterausschusses des VDGMA zurückgreifen, auf mehreren Ebenen zugleich einer zielführenden Funktionsdebatte auf der Basis der Gebietsrahmenkostenpauschale vom 1.1. zu entsprechen suchen, wir werden schließlich, und da haben Sie sicher am meisten drauf gewartet, unter TOP 14 ..." Zu Bärbels Schrecken beißt der Wahnsinnige abermals in die Brezel, zerrt daran herum und geht als knapper Sieger aus dem Duell hervor.

„... die Kürzungsbeschlüsse der AGVDM einer kritischen Reflexion zu unterziehen haben, wobei ich vor allem auf Ihren Beitrag, liebe Kollegin Stösser, so wie wir alle, gespannt bin, wir werden nicht verabsäumen, all jenen Dank denjenigen auszusprechen, die heute nicht hier sein können, sei es aus Gründen der Arbeitsverdichtung, sei es, wie bei Kollegin Rodriguez-Wohlmuth dienstreisebedingt; sie wird aber, vor einer Viertelstunde hat sie angerufen, eventuell noch zu uns stoßen. In dem Zusammenhang, das bitte ausdrücklich im Protokoll vermerken, wünschen wir unserem geschätzten Kollegen aus Abteilung V-7 alles Gute und hoffen auf baldige Genesung."

Verzweiflung im Blick, beobachtet Bärbel das Auditorium, alle der Reihe nach. Es ist nicht ersichtlich, ob diese Leute wirklich zuhören. Ob sie längst abgeschweift sind. Ob sie, das wäre kaum nachzuvollziehen, dem Dargebotenen vielleicht zustimmen, etwas abgewinnen können, einen Sinn darin erblicken ... Vermutlich ist es eine Mischung daraus, und es gibt noch kein Wort dafür. Umami, fällt Bärbel ein; der Ausdruck existierte im Westen die längste Zeit keineswegs, aber der Sinneseindruck war ja schon da. „Das ist also Politik!", schießt es ihr durch den Sinn. Kein Wunder, dass so viel widerwärtiger Unsinn dabei herauskommt. Ihre Ungeduld steigert sich in altvergessene autoaggressive Attacken, die ihre Mutter damals zur Weißglut gebracht hatten: Fingernägelkauen, Handgelenke reiben, bis sie ganz rot sind, Lippenbeißen ...

„Sind wir bald dran?“, jammert Jenny, ohne vom Display aufzublicken.

„Nein“, haucht Bärbel, „wir sind niemals dran.“

Jenny schmunzelt milde. Und der unheilbar wortflüssige Sitzungspräsident fährt fort in seinen verbalen Ausscheidungen: „… dabei handelt es sich natürlich um eine Vorlage, die zunächst auf Mitarbeiterebene geklärt werden müsste, damit konnte sich bislang die Leitungskommission nicht auch noch befassen, aber in einem dürfen wir uns sicher sein: Die Forderungen der MAGVD werden noch in diesem Jahr in die Richtlinien-Debatte eingebracht werden, im Nachtragshaushalt im Spätjahr liegen die Resultate voraussichtlich vor, was direkt zum nächsten Tagesordnungspunkt überleitet, wozu Kollegin Stösser ja ein luzides Diskussionspapier ausgearbeitet hat, vielen Dank, ich nehme an, alle haben es gelesen, im Endeffekt ist es wohl so, dass die Sache noch Zeit hat, aber gut, wenn so etwas schon einmal vorliegt, wenn Sie alle einverstanden sind, können wir dem Rechtsausschuss vorab ein Exzerpt zukommen lassen, auf dem üblichen Wege, danach werden wir uns um die Essener Ereignisse vom Frühjahr zu kümmern haben, dazu erbitte ich ganz besonders Ihre, Eure Beteiligung, denn es kann ja nicht sein, dass ausgerechnet im Lauf eines einzigen Jahres die Zahlen dermaßen ins Wanken geraten, nur aufgrund einer minimalen Verschiebung, die zudem von Leuten verursacht wurde, die – will mal sagen – fachfremd und mit wenig Sachverstand an die Geschichte herangegangen sind, ja, das ist ärgerlich, und da gebe ich den beteiligten Gremien selbstverständlich in allen Punkten recht, denn zu keiner Zeit, nie, hat es eine derartige Negativbeschleunigung gegeben, da müssen wir unbedingt gegenarbeiten, die Dinge wieder ins Gleichgewicht rücken und …“

Gleichzeitig schrecken Bärbel und Jenny hoch: eine Wortmeldung. Leicht indigniert deutet der Sitzungsleiter, indem er die Handfläche nach oben dreht, auf eine Dame in Grün. In kaum verständlichem Westpfälzisch fragt sie allen Ernstes nach, ob das „von Kollegin Stösser erarbeitete Dossier" nicht vielleicht doch vorgelesen werden könnte. Bärbel hält den Atem an. Auch der Wortführer scheint nicht ganz einverstanden; doch dann lächelt er konziliant und ruft immer begeisterter: „Aber selbstverständlich, liebe Frau Kollegin! Das ist ja eine ganz wunderbare Idee!"

Und er zieht – Bärbel traut ihren Augen kaum – ein etwa zwanzig Seiten starkes Konvolut aus seiner Aktentasche. Ohne zu überlegen, fingert Bärbel nach Jennys Hand, ergreift sie und zieht sie daran. Hektisch zerrt sie die Überraschte hinter sich her, aus dem Sitzungssaal heraus, so schnell wie möglich. Kopfschütteln, Getuschel, pikierte Blicke. Sie flüchten durch schummerig beleuchtete Flure ins Treppenhaus – und scheitern an einer verschlossenen Tür. Auf dem Weg zurück nach oben bekommt Bärbel Panik: „Es gibt bestimmt nur einen Weg: Zurück in den Saal! Und da bleiben wir für immer! Geschlossene Gesellschaft! Nein!"

Nach und nach entwickelt Jenny Vergnügen an diesem Spiel. Um Bärbel ein bisschen zu quälen, ahmt sie, während sie weiterhasten, unter Japsen den Verwaltungsschwätzer nach: „... Sie wissen ja, wir befinden uns gewissermaßen im Vorfeld der Entscheidungen, die der Verwaltungsrat bekannt gibt, sobald das Komitee für Reformen und Nachhaltigkeit abgestimmt hat, gegebenenfalls ..."

„Waaah!" Im Laufen versucht Bärbel, ihr den Mund zuzuhalten. Doch so leicht gibt Jenny nicht auf. Unter nervösen Kicher-Attacken springt sie in einen Aufzug. Als sich die

Türen schließen, fängt sie von Neuem an, heftig attackiert von Bärbel: „... auf alle Fälle müssen wir uns darauf einstellen, dass es so wie bisher nicht weitergehen kann, zumindest auf dem Verbrauchssektor ..."

„Hör auf!"

„... dem wir uns nach vorläufigem Abschluss der vorausgehenden Punkte auf alle Fälle noch zuwenden werden ..."

„Jenny, ich warn dich!"

„... wir werden, und darauf freue ich mich persönlich ganz besonders, die Rahmenkataster-Augmentation um 4 bis 7 % einzuordnen haben ..."

Bärbel würgt sie.

„... Optimierungsdiskurs! Flächenbrand! Kollegin Stösser!"

Als sie aus dem Rathauscenter taumeln, der ewige Holzwolle-Geruch nimmt ihnen fast den Atem, Bärbel hat erschöpft die Hand über die Augen gelegt, Jenny kämpft mit Erstickungsanfällen und lacht hysterisch, sehen sie nur noch eine Überlebensmöglichkeit: ab in die nächste Espressobar. Es dauert zwei halbe Milchkaffee, bis sie zumindest in einem Punkt voll übereinstimmen: Um in der Kommunalpolitik etwas durchzusetzen, braucht man ein Gemüt wie ein Tapir. Oder man hasst sein Leben.

„Auf diese Weise", keucht Bärbel, „wird man doch nur noch mehr radikalisiert. Was denken die sich eigentlich?"

Doch Jenny findet die zusammenfassende Formulierung für diesen Tag, oftmals zitiert in den kommenden Wochen:

„Der Marsch durch die Instanzen ist verkrautet."

„Wie konn merr so bleed sei?" Marianne Wessa plagen Selbstzweifel. Hatte nicht schon ihre Mutter, seinerzeit, Ende der 40er, ihr immer wieder eingeschärft, nicht so vertrauensselig zu sein? Jeden Life-Safers-Drops, jedes Stückchen Hershey-Schokolade hatte sie strahlend von den Amis angenommen, ohne sich je zu überlegen, ob vielleicht eine Gegenleistung gefordert sein könnte.

Nun, sie war damit durchgekommen, jahrzehntelang. Und bis auf eine überteuerte Futura-Nähmaschine, die sie sich in den 70ern hatte aufschwätzen lassen, waren kaum Niederlagen zu beklagen. Gegenüber ihrer Freundin Emmi hatte sie erst neulich geäußert: „Wer zu misstrauisch is, versaut sich doch des halbe Lewe."

Als der hochgewachsene junge Mann im Overall geklingelt hatte, war sie sofort eingenommen von seinen guten Manieren. Dennoch, hätte sie nicht täglich damit gerechnet, ihr guter Sohn werde „die Überraschung" endlich einlösen, versprochen vor gut vierzehn Tagen zum 87. Geburtstag, ein leiser Zweifel wäre doch wohl in ihr aufgekeimt.

„Frau Wessa, Sie haben gewonnen!"

Mehr war gar nicht nötig.

„Is' des des von meim Sohn?", war ihre im Nachhinein betrachtet überaus naive Reaktion. Damit hatte das Gegenüber leichtes Spiel.

„Na klar, das haben Sie aber gut herausgefunden!"

Stolz auf ihre Kombinationsgabe, hatte sie sich im Spiegel begutachtet, vorfreudig die Handtasche gezückt und nicht einmal Verdacht geschöpft, als der Beauftragte ihr ins Haus folgte. Arglos war sie zum Lieferwagen mitgegangen und hatte sich hineinhelfen lassen. Selbst als der höfliche Bote noch einmal umkehrte, um den vermeintlich liegen gebliebenen Autoschlüssel im Windfang zu holen, kam ihr das kein bisschen seltsam vor.

„Wie konn merr so bleed sei!"

Im Wagen saß noch ein zweiter Mann, ebenso freundlich, ein richtiger Ulkvogel, der ihr fortwährend gratulierte, vor allem zu ihrem Sohn, der ja überall so beliebt sei.

Erst auf der Fahrt begann sie nachzufragen, allerdings immer noch ohne Argwohn: „Un Ihr sein aa Holzkäffer, net?"

„Aber selbstverständlich!"

„Sonst kenn ich nämlich die Kolleche vun meim Sohn."

„Wir sind noch nicht so lang dabei."

„So, noch net so long", wiederholte sie nickend.

Die nächsten Minuten vergingen mit angeregtem Geplauder. Als der Kleinlaster auf die Schnellstraße Richtung Oppau abbog, stieg die Neugier von Mutter Wessa, was für eine nachträgliche Geburtstagsfreude der Kurt sich wohl ausgedacht habe. Zu ihrem 80. hatte es eine Ausfahrt zum Isenachweiher gegeben. Sie äußerte diese Vermutung.

„Ihr fahren doch bestimmt ..."

Aber die beiden hielten dicht: „Wir dürfen doch nix sagen!"

„Hach, so was 'ner aldi Frau noch zuzumute", scherzte sie.

Doch damit war es bald vorbei.

Als sie durch Edigheim kurvten und in ein Gewerbegebiet einfuhren, äußerte Marianne erste Zweifel: Erstens sei sie noch niemals hier gewesen und sie halte sich grundsätzlich nur an Orten auf, die ihr bekannt seien, schon des schwachen Herzens wegen, sprich Aufregungen jeder Art seien ihr verboten, außerdem könne sie sich überhaupt nicht vorstellen, was ihr Kurt ausgerechnet in Edigheim vorbereitet habe, der Ortsteil sei doch gar nicht sein Revier. Der Spaßvogel, dem allmählich schwante, was ihm mit dieser Dame bevorstand, schien aber gut informiert.

„Sie kennen doch die Bauhütte?"

„Die Bauhitt? Ajo. Die is bekonnt."

„Da ist der Kurt doch schon lange Stammgast. Und Sie waren doch auch mal dabei!"

„Des gedenkt mir nimmi ..."

Wenige Augenblicke später hielt das Gefährt vor einer Art Hotel Garni, „Pension Annerose" vermeinte Marianne auf einem abgeblätterten Schild zu entziffern.

Energisch schüttelte sie den Kopf. „Also des gefallt merr jetz gar net. Ich kann merr net vorstelle ..."

„Das ist nur eine Zwischenstation. Vor hier aus geht's gleich weiter."

„So? Ich dacht schon."

Unmutig blickte die Betagte sich um. Doch da bot ihr der galante Reisebegleiter schon den Arm, lächelte zutraulich ... und sie taperte treu-doof mit. Unter unausgesetzten Erzählungen und ohne auch nur einen Augenblick zu zögern, führte sie der junge Mann in einen stickigen Flur, öffnete eine Tür, nötigte Marianne hinein – und schloss hinter ihr ab.

Der Schreck nahm ihr den Atem.

Sie brachte nur noch heraus: „Machen Se uff, isch bin herzkronk!"

Dann sank sie in einen Ohrensessel, so schäbig, dass sie sich unter Normalbedingungen geweigert hätte, mit einem derart verschlissenen Monstrum auch nur eine Minute in demselben Raum zu verbringen. Aber sie war so ermattet, dass sie die Augen schloss und wegdämmerte, weiß Gott wie lange ... Als sie zu sich kam, glaubte sie Kurt zu hören, wie er hereinkam und grunzte.

„Kurt", begann sie aus dem Stand mit Vorwürfen, „also des war jetz iwwertriwwe, ich bin doch kää finfensibbzich mehr!"

Aber da stand kein Kurt. So gut es ging, wandte sie sich im Sessel herum.

Der Raum war leer.
„Hallo? Hallo?"
Niemand eilte herbei. Keine Schritte, keine Stimme. Misstrauisch sah sie sich um: ein Pensionszimmer der unteren Kategorie; Stuhl, Tisch, Röhrenfernseher, Sperrholzschrank, ein altmodisches Doppelbett mit Heiligengemälde darüber, eine weitere Tür, vermutlich zum Badezimmer – und ein Fenster, vergittert – von innen. Und all dies überzogen mit einer unsäglichen Schicht aus Staub, Holzspänen, abgestandener Schweißluft, Zigarettenrauch, mumifizierten Insekten. – Was war hier los? Was hatte ihr Kurt sich bloß dabei gedacht? Oder war es gar nicht seiner Initiative geschuldet? Wessen aber dann? War Marianne am Ende gar – entführt worden? Aber wer würde so etwas tun, mit einer alten Frau? Und vor allem: wozu? Hatte Kurt etwas ausgefressen – und sie sollte dafür büßen? Aber was? Und wann? Die Fragen nahmen kein Ende.
„Wie kammer so bleed sei!"
Unwillkürlich war sie abermals eingenickt. So verblieb sie eine ganze Weile zwischen Wachen und Schlummern, bis ihr einfiel, dass es längst Zeit für ihre Medikamente sei. Unter Mühen erhob sie sich, schob sich zur Tür, und da abgeschlossen war, wummerte sie nach Kräften dagegen: „Hallo? Was soll dann des? Uffmache! Wann ich mei Medikamente net krieg, fall ich dot um!"
Außer ihr selbst schien das niemanden zu beunruhigen; wahrscheinlich war auch gar keiner da. Wie lange würde man sie hier sitzen lassen und wer eigentlich und warum, gingen die Fragen von vorne los .... Erschöpft und voller Sorgen, die sich mal um Kurt, mal um ihre eigene Gesundheit drehten, schlurfte sie zum Bett – doch nein, wenn sie sich jetzt hinlegte, wie sollte sie wieder hochkommen? Mit einem verhaltenen

Fluch ließ sie sich wiederum in den ekelerregenden Sessel sinken. Neben sich, auf einem Tischchen mit gelblichem Spitzendeckchen, entdeckte sie eine Fernbedienung. Der Fernseher im Schränkchen war die einzige elektrische Vorrichtung in dieser Abstellkammer. Und weil sie nicht wusste, was sie sonst hätte tun sollen, schaltete sie das erste Programm ein.

Es kam ein Film über Jaguar-Babys in einem bekloppten Zoo.

Vielleicht eine, vielleicht zwei Stunden später klopfte es kurz, und ohne auf ein: „Herein!" zu warten, trat der Kerl ein, den sie vorher so ulkig gefunden hatte.

„Sooo, Madame, Ihr Abendessen!"

„Was?", fuhr sie ihn an, „Sie dämlicher Labbeduddel, was glaube Sie dann, dass ich bleed bin odder was?"

Sichtlich überrascht, stellte der Aufpasser ein Tablett auf das Tischchen, fast wäre der Plastikbecher abgerutscht. Frau Wessa ließ ihn nicht zu Wort kommen, sondern sandte eine Springflut von Pfälzer Kraftausdrücken über ihn hin, wie er dergleichen vermutlich noch niemals vernommen hatte. Nachdem der erste Zorn zerronnen war, gab sie dem Monolog noch eine Wende ins Feierliche: „... un wann Sie denke, Sie Simbel, ich könnt noch ää Stunn ohne mei Tablette auskomme, dann hänn Sie e schwere Schuld uff sich gelade, des konn ich Ihne versichre, donn bin ich nämlich net mehr am Lebe, un des nur wege Ihne und Ihrm verloochene Kolleech, Sie!"

Wortlos zog sich der potentielle Mörder zurück. Tatsächlich, daran hatten sie nicht gedacht. Wie ungeschickt von Ihnen! Beschäftigen sich ältere Damen nicht den halben Tag mit Tablettenschlucken? Da der Tod der Entführten zumindest nicht beabsichtigt war, entschloss sich das Zweier-Team, noch einmal zum Haus der Wessas zurückzukehren und alles mitzunehmen, was irgendwie nach Tabletten aussah. Als sie ins Auto stiegen, stöhnte der ausgeschimpfte Essenbringer:

„Meine Güte, hat die Haare auf den Zähnen. Das nächste Mal gehst du rein."

Drinnen aber, belebt durch den eigenen Temperamentsausbruch, bemeisterte Marianne Hunger und Neugier keineswegs, sondern wandte sich umgehend dem Tablett zu. Wie lange hatte sie schon nichts mehr gegessen! Als sie aber den hellroten Plastikdeckel anhob und eine Krankenhausmahlzeit in Appetito-Optik erblickte sowie feststellen musste, dass das Becherchen lauwarmen Früchtetee enthielt, da, erst da kamen ihr die Tränen.

Seither hadert Frau Wessa mit ihrem Geschick. Mal ist sie auf die zwei Dreckskerle wütend, mal auf Kurt, dann aber immer wieder auf sich selbst. Ohne jede Chance, dem jämmerlichen Pensionszimmer aus eigener Kraft zu entkommen, nicht imstande, das Fenstergitter aufzudrücken, um Hilfe herbeizurufen, resigniert sie zusehends, kehrt in Abständen zu diesem schauderhaften Sessel zurück und murmelt bitter: „Wie kammer nur so bleed sei ... Wie kammer nur so bleed sei ..."

Eskalationsstrategien

Welche Vorfälle die benachteiligten Wohnquartiere Ludwigshafens weiterhin in Angst setzen (sogar Zorro wird verhaftet!) und wozu sich Dr. Bonaventura schließlich veranlasst sieht. – Was seine schon im Moment der Verkündung legendäre Friedensrede auslöst und inwiefern die Demokratie gestärkt daraus hervorgeht. – Wie und wie schnell sich der Lardo fortbewegt und was sonst noch so seine Vorzüge sind. – Was er mit dem Randy in Anwesenheit von sehr klebrigen Kindern verhandelt. – Wohin er dann fährt und welches Abenteuer ihn in der Bauwagen-Kolonie erwartet. – Wie dann alles noch viel schlimmer wird, aber auch furchtbar spannend und dem Lardo alles seltsam bekannt vorkommt.

Indessen sich trotz umfassender Nachforschungen nach wie vor keine stichhaltigen Hinweise auf den oder die Täter im Fall Büsode ergeben haben, verdüstert sich die kommunalpolitische Wetterlage zusehends. Ja, es hat den Anschein, je weniger Fakten zutage gefördert werden können, desto schärfer und bedrohlicher geraten die Maßnahmen in den verdächtigen Gettos der Kronstadter Allee und am Bamberger Platz. Vereinzelte Vorfälle heizen die Stimmung zusätzlich an, was zu einer seit Langem nicht gekannten Polarisierung führt; während der überwiegende Teil der Bewohnerschaft einfach endlich in Ruhe gelassen werden will, fordern Aktivisten eine offizielle Entschuldigung – und zwar sowohl aus dem Polizeipräsidium

ROM
DDR
2020

als auch vom Innenministerium ... und von der Stadtverwaltung sowieso.

Bei manchen Nachrichten fällt es schwer zu glauben, dass tatsächlich Fakten zugrunde liegen, doch in einer erregten Atmosphäre geschieht so manches geradezu zwingend notwendig, was unter Normalbedingungen niemals entstanden wäre. So begibt sich eines Abends ein stadtbekannter Petanque-Spieler, genannt Zorro, auf den Nachhauseweg. Bei gutem Wetter ist er täglich am Bamberger Platz zu Gast, wo sich eine nach Profi-Kriterien zwar nicht perfekte, jedoch von munteren Gesellen belebte Boule-Bahn befindet. Blickt man in die weitschattenden Platanen empor, könnte dies auch Avignon sein oder Saumur. Es ist lau, der Abend duftet nach Butterkuchen, und Zorro schwenkt sein Täschchen, worin sich die Kugeln befinden.

Ob es an seinem exzentrischen Äußeren liegt – der junge Mann trägt meist eigentümlich zeltartige Gewänder zum wohlgewachsten Salafisten-Bart – oder an der nervenzehrenden Langeweile des Kontrolldienstes: mit einem Mal springen mehrere Schwerbewaffnete aus dem Gebüsch, konfiszieren die mitgeführten „Waffen" und lassen sich keineswegs belehren, dass es sich dabei nicht um Sprengbomben, sondern um Turnierkugeln handelt. Da sich Zorro nicht unmittelbar von der Sinnhaftigkeit des Vorgangs überzeugen lässt, sondern mehrere Lachkrämpfe hintereinander erleidet, wird er in Gewahrsam genommen.

Und Zorro fährt ein, für anderthalb Tage.

Ein weiterer Vorfall wird von zahlreichen Zeugen als Terror gegen die Zivilbevölkerung gedeutet. Tatjana Mellrich ist unterwegs zum Einkaufen. Sie schiebt den Kinderwagen mit der Kleinsten vor sich her, links und rechts hopsen der Drei-

und die Fünfjährige. Langsam nähert sie sich der Schlange, die sich vor der Ausgabestelle der Tafel e. V. gebildet hat – an die 80 Personen warten in der glühheißen Sonne, ein Bild, würde man es in Schwarz-Weiß aufnehmen, das an die Zeiten nach dem großen Börsen-Crash 1929 erinnert.

Täglich kommt es im Umkreis mehrmals zur Feststellung der Personalien. Diesmal ist Tatjana dran. Doch die zwei Beamtinnen und drei Beamten, die, in voller Montur, vor der Mutter Aufstellung nehmen, reagieren von Anfang an nervös – vermutlich aufgrund der Tatsache, dass achtzig Augenpaare die Szene ohne jedes Anzeichen von Begeisterung verfolgen.

„Ausweis hab ich nicht dabei, müsst ich von zu Hause holen", gibt Tatjana so höflich wie möglich Auskunft ... und muss sich eine nachdrückliche, vielleicht ein wenig zu autoritär geratene Ermahnung anhören, nebst Bußgeldandrohung selbstverständlich.

Das Erschrecken seiner Mutter wiederum erzürnt den Dreijährigen derart, dass er beginnt, einen der Beamten mit Tritten zu traktieren, während die Fünfjährige, im festen Bewusstsein, ihre Mama werde nun für immer eingesperrt, ein martialisches Gekreisch anstimmt, wobei ihr das selbst für Gesangsprofis virtuose Kunststück gelingt, drei kleine Sekunden übereinanderzuschichten und so minutenlang weiter zu schrillen. Es dauert nicht lange, bis über der Warteschlange Fragezeichen auftauchen und Solidaritätsbekundungen zu vernehmen sind. Aufgebrachte Leute schieben sich näher.

„Die Frau in Ruh losse!" – „Seid ihr noch ganz dicht?" – „Die arme Kinner!" Et cetera. Dies sind die zurückhaltenden Äußerungen. Andere wählen deutlichere Ausdrücke. Als einer der Wütenden, ein syrischer Familienvater, dem eine Abneigung gegen Polizeigewalt angeboren ist, einem der Polizisten in den Arm greift, da dessen Maschinenpistolenlauf auf Tatjana zeigt, stößt ihn jener zurück und gibt einen Warnschuss ab. In der Sekunde zerstiebt die Menge, allerdings um sich kurz darauf neu zu formieren. Der junge Beamte entsinnt sich des Gelernten und ruft per Funk Soforthilfe herbei. Binnen Sekunden, so kommt es den meisten vor, knattern gleichzeitig Hubschrauber über dem Bamberger Platz, heulen Sirenen, nähern sich Mannschaftswagen von zwei Seiten – die nächste Eskalationsstufe ist erreicht.

Und die ersten Steine fliegen.

Beim Studium der Morgenzeitung tags darauf kann Dr. Paul Bonaventura seine Erregung nicht zurückhalten.

„Ja, spinnen die denn langsam alle?", äußert er seiner Frau gegenüber und liest ein paar Schlagzeilen vor: „Immobilien-Chef: von wütendem Mob zerrissen?" – „Racheaktion von Spezialkommandos in Ludwigshafen" – „Wie konnte es so weit kommen: Mutter mit MP bedroht" – „Eliteeinheit aus Österreich in der Kurpfalz: Warum?" – „Weitere Krawalle für die nächsten Tage erwartet ..."

Für den Nachmittag ist eine öffentliche Sitzung des Stadtrats anberaumt. Bonaventura darf einmal mehr über die jüngsten Entwicklungen auf dem Gesundheitssektor berichten; schon vor zwei Jahren, angeregt durch Schilderungen seines Kollegen Mutzenbacher, brachte er eine Anfrage ein, die den fürchterlichen hygienischen Bedingungen in zwei Stadtteilen galt. Seinerzeit war dies ein vielbeachteter Versuch, wird diese Thematik doch gemeinhin von linken Kräften besetzt ... und Dr. Bonaventura ist ein aufgeklärter Konservativer seit Studientagen.

Verärgert legt er die Zeitungen beiseite, lässt sich die Neige des Morgenkaffees in den Hals rinnen und sagt zwei Termine ab. Sein Mitgefühl gilt nicht zuletzt den Polizeibeamten der Wache Oppau, die tagtäglich unbescholten Dienst tun und nun mit einem Mal durch das Vorgehen auswärtiger Kräfte in Misskredit gebracht werden. Viel, fast zu viel, um es in Worte zu fassen, geht ihm durch den Kopf. Umgehend begibt er sich an den Schreibtisch und verfasst eine Stellungnahme, die dereinst als Friedens-Rede in die Stadtgeschichte eingehen wird. Soll er sich vorher nicht mit den Parteifreunden abstimmen? Ach Papperlapapp, in solchen Fragen gibt es keinen Fraktionszwang. Hier zählt nur noch die nackte Ehrlichkeit.

Ehrlichkeit jetzt!

Im Gegensatz zur armen Bärbel ist Paul Bonaventura die Zähigkeit, die lähmende Ödnis von Sitzungen aller Art gewöhnt. Er hält das aus, mönchisch duldsam. Nicht, dass es ihm eine Freude wäre; da gibt es Mitglieder aller Parteien, die richtig aufleben, wenn Satzungsänderungen, Protokollgenehmigungen, Kontrollgremienbeschlüsse und verwandte Vorgänge anstehen. Ihm geht das alles zu langsam. Verschiedenste Durchhaltestrategien hat er sich zugelegt, im Lauf der Jahre. Ein griechischer Stoiker kam ihm zu Hilfe, der das Hindurchgleiten der Zeit durch die Poren des Lebens als unabänderlichen Prozess beschreibt. Da heißt es sich fügen: dasitzen, halb geduckt, halb aufmerksam, Kraft sparend.

Andernfalls würde man weggespült.

Wenn es aber wichtig wird, dann muss man präsent sein, die zuvor pantherartig angesammelte Energie auf den Punkt versammeln. Und loslegen! So wie jetzt, da schon nach wenigen Sätzen diese seltsame Trägheit, jene Urschleimtrance, die den Sitzungssälen eigen ist, gespannter Aufmerksamkeit weicht. Schon an Bonaventuras Diktion, an der Art, wie er prononciert, seine Rede rhythmisiert, knappe Kunstpausen mit Crescendo und Accelerando abwechselt, bemerken die meisten unwillkürlich, vorbewusst, dass Entscheidendes ansteht, dass es besser wäre, jetzt hellwach zu sein.

„Mit dem steten Rekurs auf konkrete Vorschläge bezüglich der Anfrage vom April vorvergangenen Jahres möchte ich Sie heute ausnahmsweise einmal nicht behelligen", startet er jovial, „es steht zwar in direktem Zusammenhang, was wir zu verhandeln haben, das schon, doch ereignen sich augenblicklich Dinge in unserer Stadt, die eine sofortige Reaktion erfordern – unsererseits. Ja, meine lieben Mitbürgerinnen und Mitbürger und als solche spreche ich Sie heute an – nicht in Ihrer Funktion, nicht festgelegt durch Parteibeschlüsse und interne Absprachen, sondern jede und jeden einzeln, als zoon politikon, als vernünftig handelndes, fühlendes, vor allem mitfühlendes Lebewesen."

Spätestens an dieser Stelle klappen die letzten Aktendeckel zu, werden die Handys unterm Tisch vorübergehend uninteressant, unterbleibt der zynische Kommentar zum Nachbarn. Bonaventura hat sie, und er lässt sie nicht mehr los: „Seien wir doch einen Augenblick mal ehrlich, gönnen wir uns den Luxus, frei zu denken und den Tatsachen ins Auge zu sehen: Die derzeitigen Unruhen in unserer Stadt waren vorherzusehen. Sie hat niemand anderer zu verantworten als – wir!" Erste Zwischenrufe fachen Bonaventuras Redefuror nur noch weiter an. „Es ist eine Elendslinie, die sich von der möglichst sparsamen Errichtung der Notbaracken nach dem Ersten Weltkrieg bis in unsere Tage zieht: Obwohl fast immer genügend Mittel vorhanden waren, haben wir nicht in die kümmerlichen Quartiere investiert, haben wir nicht unser Augenmerk darauf gerichtet, wie wir integrieren statt ausschließen können, sind wir nicht auf den Gedanken verfallen, diejenigen wirksam zu kontrollieren, die vor Ort mit Gestaltung und Verwaltung betraut waren. Wie konnten wir so arglos sein?"

Einige Buhrufe, Unmutsbekundungen, aber auch spontaner Applaus aus allen Richtungen sind die Folge.

„Liebe Freundinnen und Freunde dieser Stadt, wenn es überhaupt noch möglich ist wirksam zu handeln, dann haben wir kurz vor ultimo, doch solange noch nicht Schlimmeres passiert ist, keine weiteren Toten zu beklagen sind, appelliere ich mit allem, was mir zur Verfügung steht ..." Hier setzt er wieder eine seiner berühmten „Bonaventurischen Kunstpausen." „Beenden wir ... („Pfui!") beenden wir doch endlich den Krieg gegen unsere eigenen Bürger! („Hört, hört!") Ministerium ..." Weiter kommt er zunächst nicht, denn ein vielstimmiger Aufschrei verunmöglicht das Verstehen.

Bonaventura wartet kurz und nutzt ein Wellental in der Aufregung: „Ministerium, Bürgerservice, welche Vokabeln auch immer wir bemühen wollen: öffentliches Handeln, Verwaltungshandeln, ich darf daran erinnern, ist ein Dienst, Dienst an den Bürgerinnen und Bürgern; und zwar an allen, wie es die ursprüngliche Wortbedeutung nahelegt. („So, so!") Darauf haben wir uns verpflichtet – und nicht darauf, wenn es an die Verteilung der Pfründe geht, immer nur dieselben zum Zuge kommen zu lassen."

„Reißt dem doch endlich das Mikro aus der Hand!", gellt es durch den Tumult. „Parteiausschluss!" – „Unverschämtheit!" – „Spielt hier den Volkstribun oder was?" – „Raus mit ihm!"

Auch Forderungen nach einem Ordnungsruf werden laut.

Doch Bonaventura bringt seine Rede zügig zu Ende: „Schließen wir Frieden, meine Lieben, zeigen wir endlich, dass wir verstanden haben: Ja, der Unmut der Bedrohten und Benachteiligten ist angebracht, weil er aus Verzweiflung kommt, aus Resignation und – lassen Sie mich das Wort bemühen: Unterdrückung. („Aufhören!“) Schluss damit, Frieden muss her: Frieden jetzt! Darum fordere ich heute und an dieser Stelle ein Sofortmaßnahmenpaket, bestehend aus baulichen, sozialen und arbeitsmarktpolitischen Komponenten: Stellen wir fürs Erste ...“ An dieser Stelle hebt er einen seit vielen Monaten anwachsenden Papierstapel in die Höhe. „... wir haben das alles schon nachgerechnet, stellen wir 25 Millionen Euro zur Verfügung, um endlich, endlich sinnvolle erste Schritte zu tun, damit am Bamberger Platz und in der Kronstadter Allee endlich menschenwürdiges Leben möglich wird!“

Nur die betagtesten Stadtratsmitglieder können sich daran erinnern, wann es zuletzt zu solchen Temperamentsausbrüchen gekommen wäre wie in diesem Augenblick. Jetzt gibt es wirklich keine Gleichschaltung mehr; Grüne und Linke umarmen Bonaventura, aber auch Parteifreunde, andere wiederum zeigen ihm den Vogel, bis dato Hauptverantwortliche verlassen unter Protestrufen den Raum ... und die Presse, ja die Presse hat endlich wieder was zu schreiben: diesmal mitten aus dem Zentrum der Demokratie heraus, so lebendig und farbenfroh, nur dem eigenen Gewissen verpflichtet, wie es die Schwurformeln von der dynamischen Antike bis in die politikmüde Gegenwart vorsehen.

Zu derselben Stunde, wie immer ein wenig verspätet, macht sich der Lardo auf, den Dingen auf den Grund zu gehen. Freilich, sinnvoll wäre es gewesen, wenn er schon tags zuvor losgezogen wäre, denn die Sache eilt, und Freund Kurt in so einem Augenblick warten zu lassen, nun, das klingt im ersten Moment nicht nach der Höchstform von Engagement. Ist es aber: für den Lardo. Denn wie der Maffenbeier, wie die Pfalz im Allgemeinen, die vom Wein gesegnete zumal, so hat auch der Lardo seine eingewurzelten Abläufe, und es nützt nichts, daran herumzuschrauben; nicht einmal ihm selber wäre dies möglich, und warum sollte es dann ein anderer versuchen? So viel Selbsterkenntnis muss schon sein, und in der quasi philosophilen Atmosphäre des sommerlichen Maffenbeiergartens reifen die Geistesfrüchte am besten aus. Gleichgewicht der Gegensätze, heitere Gemütsruhe, Zurückhaltung vom Handeln – Maximen, die über Jahrtausende theoretisch begründet waren; doch hier geschieht die Umsetzung in die Praxis.

„Der is halt so“, lautete schon in Kindertagen die Unterstützungsformel, welche seine Mutter stets parat hielt, um ihn zu verteidigen: vor eifrigen Erzieherinnen, Pädagoginnen mit innerem Auftrag, ja sogar gegenüber Spielkameraden, die nicht einsehen wollten, dass der stets zum Tormann Ausersehene wieder einmal nur knapp vorm Dunkelwerden den Weg auf den Sportplatz fand. Kluge Vorbereitung, ruhiges Kombinieren, so seine Devise, ersparen die meisten Mühen, ob es sich um Schularbeiten oder sportliche Freizeitleistungen handelte. Von der Richtigkeit dieser Ansicht ist der Lardo seit jeher so innig überzeugt, dass er es niemals für nötig hielt, diese Einstellung zu überprüfen.

Denn es mögen ihn ja alle.

Und warum sollte man, wenn einem die Sympathien auch ohne jede Anstrengung zufliegen, an der bisherigen Verfahrensweise etwas ändern? So kommt ihm auch jetzt kein Zweifel, da er in aller Behäbigkeit die Stufen seiner Hinterhauswohnung hinuntersteigt, ob es vielleicht schon zu spät sei; ob ein früheres Eingreifen seinerseits nicht zur Errettung von Kurts Mutter, von Kurt selbst und am Ende gar der Pfalzkellerei oder sonst wem hätte beitragen können. Ein jeglich Ding hat seine Zeit, diese Sentenz aus dem Prediger Salomo hat er verinnerlicht, vermutlich schon bevor er sie zum ersten Mal im Religionsunterricht, urplötzlich fromm werdend, vernahm.

Und deswegen nimmt er sich auf dem Treppenabsatz noch mal den „Flurboten“ vor, seine Hauspostille, die er seit Tagen verlegt glaubte und vertieft sich ein paar Momente lang in die unsterblichen Verse des Knut Bumb, dessen Pfälzer Gedichte selbst die ersten und letzten Dinge nicht aussparen – letztere schon mal gar nicht. Lardo ist fasziniert von der tiefen Aussagelosigkeit des Gedichts, vom Mut des Verfassers, seine eigene Existenz als Experiment freizugeben: vorbildlich für alle, denen Kultur mehr bedeutet als die Garnierung ihres Alltags mit Versatzstücken aus der klassischen Vergangenheit. Wohlgemerkt, es handelt sich um Pfälzer Lyrik, und es ist ausgemacht für alle Zeiten, dass sich in der Pfalz Geborene für alles Mögliche interessieren, Hauptsache, es hat mit der Pfalz zu tun. Für alles andere ist die Welt ja groß genug.

Pälser Dialeggdigg

Känner trauert um de Knut,
Weil er halt noch lebe dut.

Doch des Lääwe onnrerseits
Hot fer ihn so gar kään Reiz.

Also wär's wohl besser doch,
Er wär fort un lääbt net noch.

Doch des Ding beginnt von vorn,
Denn er hot ja noch de Korn.

Un de Korn, was däät der donn,
Tränk de Knut net als devon?

Basst des ganse Ach und Weh
Donn zu unserm Knutsche? Nää.

Denn er ist jo, wie merr sieht,
E ganz ääfaches Gemiet.

Besser losst sei Ruh em, Leit,
Weil er ihm die Libbschde seid.

Ohne Eile platziert der Lardo seinen Hintern auf dem Ledersattel des tief ausgeschnittenen Damenrades (Autos sind ihm schon immer viel zu hektisch) und setzt sehr sanft und ganz gemächlich die Pedale in Bewegung. Es ist nicht so heiß wie die Tage zuvor, ein paar ungewohnte Wolken dimmen die Sonne etwas ab, und langsam, langsam schiebt sich das Lardoziped aus dem Hemshof hinaus ins Grüne. Grünes, das ist in Ludwigshafen meistens der Ebertpark, und so oft wie möglich, selbst wenn es Umwege bedeutet, so wie jetzt, lenkt der Lardo sein Rad durch diese kühlenden Auen, wo alle hundert Meter ein Rasensprenger steht, und es das größte Vergnügen bereitet, just dann hindurchzurollen, wenn der Wasserstrahl auf dem gekiesten Parkweg auftrifft.

Doppelt erfrischt und glücklich wie ein schwänzendes Schulkind, blickt der Lardo ins Lichterspiel der Blätter, das ihm bald wie eine Marienprozession im Gebirge, bald wie ein Sonnenaufgang überm Südmeer erscheint. Gefährlich ist das nicht; der Fehler des Hans-guck-in-die-Luft lag einzig und allein im Tempo begründet: der war eben zu schnell unterwegs, um noch rechtzeitig anhalten zu können. Das könnte dem Lardo nicht passieren. Schon zu Zeiten, da er das Fahrradfahren erlernte, fiel diese seltsame, in ihrer scheinbaren Bewegungslosigkeit fast schon virtuos zu nennende, zugleich irgendwie rentnerhafte Fahrweise auf. Der Siebert, zwei, drei Jahre lang so etwas wie der Hausfreund seiner Mutter, ein weltgewandter Mensch, der sogar mal in Italien war, nannte den Stil „anstrengungslos." Er war es auch, der den Spitznamen prägte – Lardo, Speck – und in diesem Augenblick bestimmt nicht daran dachte, dass damit ein hohes Lob verbunden war; denn guter Lardo, zumal aus dem Aostatal oder der Marmorspeck aus Colonnata, benötigt eben Reife, sprich Langsamkeit, und dünn geschnitten gehört die Spezialität zum Edelsten, was man zum Aperitif reichen kann.

Kinder sind dem Lardo unheimlich. Er meidet ihre Gegenwart; diese ständige Betriebsamkeit und Unduldsamkeit, dieses unphilosophische Wohin-mit-mir ist ihm viel zu nah am Tierhaften dran und bedarf der Erziehung durch Leute, die das gelernt haben. Randy, da besteht kein Zweifel, hat das nicht gelernt. Und so wird der kaum zehnminütige Aufenthalt in der Zweizimmerwohnung, einst sozialer Wohnungsbau, schließlich (unzureichend) renoviert, um das Loch noch teurer vermieten zu können, zu einer Nervenstrapaze. Denn Lardo hat Pech, Randys buntbemalte Freundin Genoveva weilt aushäusig, beim Tätowierer vermutlich, und die Zwillinge lassen keinen Zweifel, wer hier das Sagen hat.

Der Randy jedenfalls nicht.

Seine Reaktion, als er den Lardo durch den Spion erkennt, fällt jedenfalls eindeutig aus. Ungefiltert ist durch die Tür ein: „Oh Scheiße!" zu vernehmen.

„Hi Randy, schön, dass du dich freust", kontert der Besuch und wummert rhythmisch, in diesem bescheuerten Klimbim-

Takt aus den Siebzigern: damm, dada, damm-damm ... damm, damm! Eine Entschuldigung wäre sinnlos, also verzichtet er auf Entschuldigungen und faucht nur kommissarmäßig: „Brauche nur einen sachdienlichen Hinweis, Junge. Dann lass ich dich auch schon wieder in Ruhe."

Kaum ist es möglich, einen zusammenhängenden Satz aus Randy herauszuangeln; ein Zwilling, der noch Klebrigere von beiden, packt, welch widerwärtige Geste, das Kinn seines Vaters ein jedes Mal, wenn Randy zum Lardo etwas sagen will und dreht das Gesicht zu sich selber hin. Statt sich energisch zu wehren, fällt dieser Papi in ein infantiles Seihern und Gequake, das sich umso scheußlicher anhört, da sich im Lauf der Zeit das Sächsische seiner Partnerin misstönend ins Kurpfälzische eingemischt hat. Schon liegt dem Lardo auf der Zunge, man solle Eheschließungen zwischen Ludwigshafenern und Chemnitzerinnen grundsätzlich verbieten, da fällt ihm gerade noch rechtzeitig ein, dass ähnliche Gedanken für andere Volksgruppen durchaus schon einmal gedacht und sogar umgesetzt wurden.

Also hält er die Klappe.

Als der schmächtigere der Kleinen jedoch mit einem Milcheis angetapert kommt, worum es selbstverständlich sofort Zank gibt und der Lardo schon vor sich sieht, wie diese fiese Masse alsbald Lippen und Wangen und Finger überziehen und von dort aus unter Umständen den Weg zu ihm rüber finden wird, besinnt er sich auf das Lardo'sche Verknappungsaxiom und schlägt kurzum vor, Randys Kindergefasel („Muscht du jetzt scho widder Eis, kannscht du net au was anderes essän?") rüde unterbrechend: „Du, Randy, will dich ja wirklich nicht stören, ich seh ja, du bist beschäftigt, also echt der Wahnsinn, was du hier leistest, also könnt ich nicht, sag mir einfach, wenn du mir schon nichts sagen willst, nur'n kleiner Tipp, das reicht schon: Wen kann ich fragen, wer hilft uns weiter? Ich brauch's schnell."

Ausdruckslos starrt Randy vor sich hin. Das konnte er schon früher recht gut. Zumindest, so schließt der Lardo, scheint das Elternsein nicht unbedingt eine Nachreife hinsichtlich Intelligenzleistung und Gedankenschnelligkeit mit sich zu bringen.

Wie man sich täuschen kann ...

„Hey, komm, es ist scheiße heiß, und hier stinkt's nach Windeln, und nachher wird's noch heißer, und es stinkt nach Kacke, ich hab Asthma und du keine Lust, dass ich noch länger hier bleib und ich auch nicht."

Auch das gehört zur Methode à la Lardo: Wenn man schon direkt kommunizieren muss, dann geballt, und zwar so geballt, dass die schiere Wucht unmittelbar Ergebnisse zeitigt. (Funktioniert sogar manchmal an der Supermarktkasse!) Gestresst wie ein Bomberpilot, der soeben bemerkt, dass ihm die Fracht über dem heimischen Wohngebiet runtergefallen ist, schiebt Randy den einen Zwilling aufs Sofa zurück, nimmt dem anderen das – selbstverständlich verklebte – Frühstücksmesser aus der Hand und greift nach Lardos Handy.

„Ih, erst abwischen!"

Es ist zwecklos. Dieser fiese, abgewetzte Lappen, den Randy seufzend ertatzt, mag weit schlimmere Substanzen als Himbeermarmelade geschluckt haben, und zwar erst kürzlich, jedoch lange nachdem er die Waschmaschine verlassen hat. Während Randy tippt, Zwilling eins vom Sofa rutscht und Zwilling zwei Richtung geöffnetes Fenster watschelt, fällt Lardos Blick auf Karikaturen am Kühlschrank, mutmaßlich von Randys Ehefrau angepinnt, grauenerregender Spießerkram, was mit Babys, selbstverständlich. Nein, die Zeiten sind vorbei, als Genoveva ihrem jugendlichen Gefährten heimlich von den Hormontabletten ihres Staffordshire Terriers gab, damit er etwas ruhiger werde ...

„Spielst du jetzt Geheimdienst?“, will der Lardo Randy anknurren, als dieser ihm schweigend das Phone rüberreicht, kombiniert mit so einem bedeutungsvollen Augenaufschlag – aber man kann ja nie wissen, und jede weitere Nachfrage muss den Aufenthalt unnötig verzögern. Also weiterschweigen.

„Hey, Mensch, Klasse, bist ein Kamerad“, gurgelt er, schon im Aufstehen, als er unter „Notizen“ eine Adresse liest ... wobei seine Aufmerksamkeit bereits einer Befürchtung gilt: ob sein Hinterteil, jetzt, in dem Moment, da er von dieser verwaschenen Couch aufsteht, mit Grießbrei, Erbrochenem oder für Nicht-Eltern vollkommen unausdenkbaren Sekreten verunziert sei. Ohne ein weiteres Wort, während Randy Zwilling zwei vom Fenster wegzieht und Zwilling eins beinahe noch zu fassen bekommt, bevor er von der Couch auf den Schmutzwäschestapel sackt, flutscht Lardo ins Treppenhaus, wo er sich hinterrücks am Treppengeländer reibt, zu spät realisierend, dass dieses seinerseits mit einer bräunlichen Schicht überzogen ist. Ein Ausdruck fällt ihm dafür ein, den er zuletzt von seiner Oma gehört hat: „Verknaschtert.“

Abgelenkt, getröstet durch Erinnerungen an frühkindliche Verwöhn-Orgien (Butterkuchen mit Riesenstreuseln, aufgeschlagener Kakao mit extra Zucker drin), verlässt der Lardo das krümelige Haus und biegt auf ein Landsträßchen Richtung Oggersheim ein. – Hier spürt er zum ersten Mal des Tages Hitze, also doch nix mit Gewitter und Abkühlung, wie immer eigentlich. Noch ahnt er nicht, was ihm bevorsteht, das ist natürlich besser so, denn die Adresse ist keine richtige

Adresse, und die Straße endet in einem Brennnesselgestrüpp, wo er erst nach vielem, von Flüchen untermalten Suchen zwei ausgediente Campingwagen ausmacht, einer cremefarben, einer orange.

Dass hier Menschen wohnen, und zwar dauerhaft, ist für den Lardo keine Überraschung, der Mann kommt aus Ludwigshafen, dort gilt in gewissen Kreisen als König, wer vor dem Winter eine unbeheizte Gartenhütte zu ergattern vermag. Dass aber sein neuer Kontaktmann hier hausen soll, erscheint ihm zweifelhaft. Während er immer noch vergeblich versucht, den angewiesenen Namen mit einer Erinnerung zu verknüpfen, umkurvt er eine improvisierte Feuerstelle aus Ytong-Steinen.

Peinlich, hinter dem rostig-orangenen Gefährt überrascht Lardo eine unfassbar dürre Frau, die sich mit Hilfe einer Gießkanne zu waschen versucht. Unwillkürlich stellt der Lardo einen Vergleich mit seinem eigenen Körpergewicht an und kommt zu der schlüssigen Formel: Ich geteilt durch acht. Diskret wendet er die Augen ab, tut so, als hätte er niemanden gesehen und ruft schließlich in die vermeintliche Leere: „Hallo? Hört mich jemand?“

Mehrmals muss er die Frage wiederholen, bis die Frischgeduschte hinter einem Haufen Plastiktonnen und Autoreifen hervortritt.

„Was?“

„Oh, guten Tag, 'schuldigung, dass ich störe, ich wollte nur wissen: Wohnt hier ein Tscharke?“

Ohne zu antworten, verschwindet die Frau im Campingwagen. Lardo wartet. Lardo schwitzt. Doch Lardo hat keine Lust zu warten und zu schwitzen, zumal ihm mit keiner Geste bedeutet wurde, ob seine Gastgeberin je zu ihm zurückkehren werde. Räuspernd nähert er sich der Luke, blickt so kitschigfreundlich wie auf seinem Einschulungsbild ums Eck und erkundigt sich abermals: „'Schuldigung noch mal, wollte nur kurz fragen: dieser Tscharke ... ?"

„Kein Tschakke!", kräht es ihm entgegen, und die schüttere Tür drischt gegen den Verschlag, schwingt noch einmal auf und schließt sich sodann mit einer unerwarteten, eigentümlichen Eleganz.

Einigermaßen ratlos, doch in der festen Absicht, die Neuigkeiten mit Bärbel auszutauschen, beschließt Lardo ausnahmsweise nicht zuerst im Maffenbeier vorbeizuschauen, sondern sich direkt nach Hause zu begeben. Vielleicht kommt auch ein Nickerchen nicht ungelegen; danach müsste Bärbel Pause haben und könnte ihn überdies mit etwas Schorle regalieren. Es ist weit bis zum Ebert-Park, weit und heiß und leider sind die Rasensprenger dort inzwischen abgestellt, selbst der Park scheint aufgeheizt bis in die letzte Robinienwurzel. Mühselig strampelt er die S-Kurve zum Ausgang hoch. Von Schatten zu Schatten auf dem Bürgersteig einher pendelnd, nähert sich der erfolglose Ermittler allgemach seinem Hinterhäuschen. Doch selbst die kühle Feuchte im Hausflur erquickt ihn heute nicht. Da hilft nur noch duschen.

Das wird er, aber anders.

Kaum durch die Wohnungstür geschlurft, den Blick auf eine beknackte Werbung, die er aus dem Briefkasten zieht, gesenkt – „Sommerliche Grasfangsäcke", wer kauft denn so was? – nimmt der Lardo eine Veränderung an seinem Flurmobiliar wahr: Zur Linken steht ein circa zwei Meter hoher Hund. Erschrocken sich zur Rechten wendend, blickt er ebenfalls in eine schwarzlederne Hundemaske, der Träger ist zwar kleiner, doch offensichtlich aktiver als sein Gattungsgenosse, denn sofort zuckt dessen Knie in Lardos Mitte, so dass der

Heimgekehrte, nach Atem ringend, zu Boden geht, ach was zu Boden, er sinkt in einem Schmerzpool unter, Meter für Meter.

Der Einfall, sich vermittels eines gezielten Wurfs mit seinen Winterstiefeln zur Wehr zu setzen, kommt knapp zu spät, denn die Winterstiefel sind gar nicht mehr da, genauer, der Lardo befindet sich schon zwei Meter weiter weg und kommt nicht mehr dran, gezogen, gezerrt, gerissen von zwei Klauen, die keinen Widerstand dulden. „Au!“ schreit er, „au, meine Schulter!“, als er am Schuhschränkchen entlang schrabbt. Die nächste Konfrontation – und zwar mit der Klotürfassung – fällt schmerzhafter aus. Stakkato brüllt er Verwünschungen, Entschuldigungen, Gnadenersuche, Erklärungsversuche heraus, immer wieder unterbrochen durch Tritte, Rempeleien und derlei Brutalitäten mehr.

Während der gesamten Aktion, deren Dauer er nicht einschätzen kann, verlässt den Lardo das Gefühl nicht, genau das schon einmal erlebt zu haben – oder hat er es nur gesehen? Aber wo? Vor allem der Moment, als ihm die beiden Tatzen in den Nacken greifen, nach oben ziehen und sein Gesicht in die Kloschüssel drücken, kommt ihm bekannt vor. Seltsam, so was! Doch da erwischt ihn schon die erste Spülung, und der Klodeckel schließt sich über ihm mit einem Knall, vergleichbar einem Sargdeckel, der dem Bestatter aus den Händen gleitet.

Wer je im Leben niederfällt ...

Welche spirituellen Qualitäten der Maffenbeier für seine Gäste bereithält. – Wie die Bärbel den Lardo so lange tröstet, bis ihm ein Name einfällt. – Weshalb die Sorgen um den Kurt durchaus begründet sind. – Was der Kurt an seinem Arbeitsplatz manipuliert und dann doch nicht manipuliert. – Wie er seine Mama wiederhaben will. – Was die Verbrecher dann mit ihm anstellen, womit er überhaupt nicht gerechnet hat. – Wodurch der Brancusi Battista konkret Genesung erfährt, wie er unerwarteten Besuch bekommt und warum damit sein Urlaub zu Ende ist.

Die zwei Platanen tun ihr Bestes, sie veranstalten ein Lichterspiel, wofür gut bezahlte „Lichtkünschtler" beim Stadtfest alles gäben ... und doch immer scheitern müssten. Über rotbraun erhellten Biertischgarnituren schicken die haushoch gewachsenen Bäume ihre Schatten-Sprenkel hin, heiter-nervöse Maskeraden, Tanzpärchen aus Goldstaub tingeln zwischen Aschenbecherglas und Schnitzelpanade hin und her, touchieren Salz- und Pfefferstreuer, hüpfen über die ersten abgefallenen Blätter, führen einen surrealen Schuhplattler überm Krautsalat auf und fingern ungeniert am Ochsenmaulsalat herum, violett schillernd wie die Märtyrernarben auf der Innentafel des St.-Barbara-Altars im Seitenflügel des Doms.

Aber Ludwigshafen hat ja keinen Dom, und darum müssen die Blätter alles geben, gegen die Backstein- und Klinker-

stein-Wohnhäuser von vor über hundert Jahren in sieben Grün- und bis zu vier Rottönen abstehend und durch ihren forcierten Impressionismus tapfer ankämpfend gegen das unidyllische Gedröhn der Kehrmaschinen, ewig wiederkehrend des Mittags, gesteuert von sonderbaren Knilchen, denen ihr Tagwerk heilig ist, die immer, immer weiterfahren, bis sie ruckartig stehen bleiben, aber nur dann, wenn die Pause exakt vorgeschrieben ist: auf dem Bürgersteig, dem reservierten Parkplatz, für den Busverkehr vorgesehenen Seitenstreifen ... und ebenso unvermittelt ihre dröhnende Verrichtung wieder aufnehmen, unnachgiebig, stur und für lange Zeit.

Es war immer die größte Lust für den Lardo, allein auf die anderen zu warten ... und doch zu hoffen, sie möchten sich verspäten, wenigstens ein halbes Stündchen noch oder anderthalb. Denn dies, die erste Schorle am Nachmittag mit dem Blick hinauf in das Verschieben und Verwischen der Knöterich-Berankung, hinüber auf diese Wand, kahl wie eine vorzeitliche Gottheit, geschichtet aus verschiedenfarbigen Backsteinen, ein Aufriss durch die Erdgeschichte: Urgestein, Schiefer, Kalk und Buntsandstein, zugleich Urkunde der Baukunst einer Epoche, als das Schnitzel noch unerschwinglich war für den gemeinen Bauknecht. Doch der huldigte dem Maurer-Schnitzel, dem Handkäse, von nachgiebiger Konsistenz, unendlich viel günstiger, aber nicht minder schmackhaft, täglich produziert für Zigtausende im hessischen Groß-Gerau, genossen auf jeder Baustelle im Rheingraben zwischen Mainz, Frankfurt, Darmstadt, Mannheim ... und eben auch in Ludwigshafen, das sich anschickte, aufzuschließen zum Kreis der Kulturstädte. Und doch immer das Aschenputtel blieb.

Geduldig hört sich Bärbel die im Halbdelirium aneinandergereihten gelehrten Betrachtungen ihres Lieblingsgastes und besten Freundes Lardo an, der, ausgestreckt auf der Bierbank, den verwundeten Kopf auf ihre Beine gebettet, inspiriert weiterbrabbelt. Sie weiß das: Männer, die leiden, soll man leiden lassen und sie auf keinen Fall zu trösten versuchen, dann wird es nur schlimmer. In Abständen füttert sie ihn mit zu Reiterchen geschnittenem Mettbrot, tränkt ihn wie eine Mutter oder besser: wie eine Diakonisse in Anwartschaft auf den Friedensnobelpreis. Und wartet, bis die Pause vorbei ist. Die Kolleginnen flachsen, aber die wissen ja nicht, was passiert ist und vor allem: was noch passieren kann. Denn ungefähr jetzt müsste, kaum drei Kilometer entfernt am Maudacher Bruch, Kurt Wessa den zweiten Umschlag überreichen – selbstverständlich nur, wenn alles vorher gelungen ist. Ja, wenn!

Worauf haben Sie sich da nur eingelassen ...

Langsam richtet Bärbel ihren Schützling wieder auf, mit einer Umsicht, wie sie sonst allenfalls bei der Platzierung von historischen Heiligenstatuen auf Brückenpfeilern zu beobachten ist. Lardo ächzt leise, doch laut genug, dass man ihm die übermenschliche Anstrengung, leise zu ächzen, deutlich anmerkt.

„So, noch ein Stück. Noch ein bisschen. Gleich hast du's!"

„Helge", keucht Lardo.

„Was?"

„Helge."

„Komm, nachher – ."

Zum Zeichen, er solle sich lieber ausruhen als babbeln, legt Bärbel ihren Zeigefinger auf Lardos Lippen und wendet sich dem Nachbartisch zu.

„Was kriegt Ihr?"

Tatsächlich, in dem Augenblick, da die Klauen im Nacken den wehrlosen Lardo mit Urgewalt nach oben rissen, stand er

rauf. Als Erstes entdeckt er das offen stehende Schränkchen und schließt die Tür. Doch in einem zweiten Anlauf zückt er abermals den Button, schließt einmal mehr die Augen – und aktiviert die Alarmanlage von Neuem.

Auf der Fahrt nudeln ihm zwei entsetzliche Karnevalsschlager aus den Siebzigern, als die Fasnacht in Ludwigshafen noch intensiver begangen wurde als heute, unaufhörlich im Kopf herum: „Unnerum nach Munnerum" sowie – das ist der schlimmere: „Wer je im Leben niederfällt / in Ludwigshafen-Niederfeld / so hat der meist nur diesen Grund: / den Schnitzeltag im Wiesengrund!" – Nein, nach Schnitzel ist ihm heute gar nicht zumute, er bekäme überhaupt nichts runter. Es fiel ihm allerdings nichts anderes ein als diese so belebte wie beliebte Gartenwirtschaft am Maudacher Bruch, um auf das vorgegebene Signal zu warten.

Und so sitzt er denn mehr als eine dreiviertel Stunde lang in dieser immer schrundiger werdenden Dämmerung bei einer Halben Weizenbier mit Zitrone, woran er nur automatisch, gewohnheitsmäßig nippt ... und allmählich von Selbstmitleid und Weltelend überschwemmt wird.

„Gähz Ihne gut?", hält es die Wirtin irgendwann nicht mehr aus und wendet sich samaritisch an den gebeugten Gast.

„Des Herz." Mehr fällt ihm nicht ein.

„Jaja, bei der Wärm", nickt die Besorgte empathisch. Und empfiehlt: „Viel trinke! Nämme Se nur en dichdiche Schluck, donn wärz bessa."

Gehorsam greift er zum Glas.

In dem Moment jodelt das Seniorenhandy. Zweimal, dann nichts mehr: das Zeichen. Kurt steht auf. Verlässt den Garten, schwindlig, dass er innehalten muss, immer wieder. Er passiert zwei Poller, den Eingang zum Bruch. Dann immer weiter ins Dunkel, unter ihm knirrt der Kies, als wäre er ein nächtlicher Kavalier auf geheimem Pfad zur Geliebten im Pavillon … Wenn ihm jetzt jemand eins über den Schädel zöge, es wäre ihm mehr als recht, vor allem, wenn er dann nichts mehr von alledem mitbekäme. Doch so gnadenvoll verfahren die Erpresser bestimmt nicht. Kurt wird noch mancherlei durchzustehen haben, das spürt er, jetzt, da ihn ein Licht von schräg vorn blendet, dann noch eins und ein drittes.

Kurt sieht die Lichter, hört die Schritte, fühlt drei Männer auf sich zukommen. Da keiner das Wort ergreift, hält er die Chipkarte in die Dunkelheit und zischt, wobei er sich vorkommt wie ein Provinzdarsteller, der einen Wütenden spielt:

„Do habter. Un jetz will ich mei Mudder."

Aber niemand ergreift das Diebesgut.

„Na, was is?"

„Du kommst natürlich mit." Die Stimme klingt weich, einladend, fast Vertrauen erweckend.

„Was …?"

„Und wenn alles, aber auch alles ganz wunderbar verläuft, darfst du noch heute deine Mami in die Arme schließen."

In Trance, ein Lügner, doppelt schuldig, wie zerschmettert trottet Kurt Wessa den Entführern hinterher. Ist es Zufall, dass ihn die Tonlage des Sprechers ausgerechnet an eine Bibelstelle erinnert?

„Wahrlich, ich sage dir: Heute wirst du mit mir im Paradiese sein."

Die Focaccia ist noch lauwarm. Wie in Zeitlupe bricht er ein flauschiges Stückchen davon ab und taucht es in diesen Sud aus Zitrone, Olivenöl und den Resten des Wildkräutersalätchens, das soeben, umkränzt von Tomaten, von ihm verspeist wurde. Jedes einzelne Rosmarinnädelchen ist knusprig gebraten und mitsamt den schwarzen Oliven entfacht es ein Aromen-Spektakel, wie dergleichen nördlich der Alpen nimmer erlebt werden kann. Nein, es geht nicht anders, von diesem fast schon weißen Rosé muss er noch ein Achtelchen ordern, denn der ist kalt und schmeckt nach Salzluft und Macchia und fremden Früchten, die vielleicht auf der anderen Seite des Meeres wachsen. Von dort weht es herüber, warm, doch unendlich erquickend, und die Farbtöne helltürkis, albatrosflügelweiß und natürlich aquamarinblau legen sich über die Seele wie mildes Puder auf eine lang unbehandelte Wunde.

Ja, Battista Brancusi erlebt das Wunder der Genesung – ohne Medikamente, ohne Kur in irgendeinem Krankenkassenbunker, sogar ohne Ärztin und Masseur. Warte- und Behandlungszimmer zugleich, irgendwo zwischen Menton und Ventimiglia, ist die Aussichtsterrasse des Landgasthofs „Le chat qui pêche", was noch viel hübscher klingt als „Zur fischenden Katze." Das Einzige, was vielleicht an Ludwigshafen erinnern könnte, ist die Gäste und Einheimische bergende Platane, weit über die niedere Umgrenzungsmauer vorkragend; durchaus, ihre Genossinnen im fernen Ludwigshafen tun auch ihr Bestes, schützen vor Sonne und Regen im Garten des Maffenbeier, auch über der Boule-Bahn am Bamberger Platz, doch diese hier, so hat es den Anschein, muss sich weniger anstrengen, um wahrgenommen, um geliebt zu werden.

Ah, da kommt schon der Rosé.

Battista bedankt sich galant und schiebt seine Nase über die Öffnung des Glases. Welch eine Harmonie!

„Pour moi aussi, s'il vous plaît", vernimmt er von nebenan, eindeutig deutsche Dialektfärbung, fast schon pfälzisch, so kommt es ihm vor. Dem Herrn, der vor ein paar Minuten neben ihm Platz nahm, hat Battista kurz zugenickt; nur keine Urlaubsgespräche führen, kein Geflachse, keine Vergleiche der günstigsten Hotels und vor allem: keine Nachrichten von daheim!

„Prost, Battista."

Also doch ... Die Physiognomie des Nachbartischbewohners war ihm gleich bekannt vorgekommen, doch das konnte ja nicht sein, nein, das weiß er ja, er braucht Geduld, seine Nerven müssen erst langsam zur Ruhe kommen, dem Grund der See vergleichbar, wenn tags zuvor das Gammel-Schiff mit den Industriefang-Netzen durchging.

Battista erstarrt: sein Chef.

„Ich hab", will er, wie ertappt, sofort eine Rechtfertigung starten, „den Urlaubszettel ganz bestimmt ..."

„Jaja, Battista, keine Sorge, ich wollte dich nicht erschrecken."

Werner Mutzenbacher prostet aufmunternd zu ihm hinüber. „Ich hatte versucht dich anzurufen, aber das Handy war aus."

„Im Urlaub eigentlich immer", schüttelt Battista den Kopf und stößt automatisch mit Werner an.

„Deshalb hab ich mir gedacht", gibt der Vorsitzende des ÖMD der Bedienung ein Zeichen, doch auch etwas Unflüssiges zu sich nehmen zu wollen, „setzt dich doch einfach mal ins Auto und fährst die 888 Kilometerchen da runter."

Um Battista zusätzliche Aufregung und weitere Nachfragen zu ersparen, schildert Mutzenbacher in Kürze, was sich die letzten Tage in Ludwigshafen abgespielt hat ... und weshalb ihm kein anderes Mittel blieb als Battista in seinem Ferienparadies aufzustöbern. Die Situation – Brancusi starrt noch immer fassungslos über die Bucht – sei leider Gottes eskaliert.

Man habe eigens zwei Bürgerversammlungen einberufen, zum ersten Mal seit Jahren wieder zahlreich besucht. Doch obwohl die Veranstaltungen angemeldet gewesen seien, wären jedes Mal ein Dutzend Ordnungskräfte einmarschiert, unter teils martialischer Maskerade.

Zudem sei weder in der Kronstadter Allee noch am Bamberger Platz Einigkeit unter der Bewohnerschaft herzustellen gewesen; nicht verwunderlich, hätten unterschiedlichste Vorstellungen geherrscht, was aktuell zu tun sei, und mehrere Fronten, Anführer inklusive, wären miteinander in Streit geraten. Die einen plädierten für Beruhigung, die anderen für Verhandlungen, die nächsten für Selbstbewaffnung – ein unglaubliches Durcheinander, dem auch die Fachkräfte nicht mehr gewachsen waren.

„Ja und jetzt?", wagt Battista eine vorsichtige Rückfrage.

„Brauchen wir dich."

Der Sozialarbeiter blickt in etwa so verständnisvoll wie eine vom Geparden verfolgte Gazelle, die man nach dem Weg zur nächsten Bushaltestelle fragt.

„Wie ..."

„Alle sind der Meinung. Sonst wäre ich wirklich nicht hier, sorry."

In der Tat, in 33 Dienstjahren wäre es Mutzenbacher nicht ein einziges Mal eingefallen, jemanden aus dem Mitarbeiterstab in der Ferienzeit aufzustöbern ... und um spontane Verkürzung der Reise zu ersuchen. Eindringlich beschreibt er die Schwierigkeit, die verschiedenen Parteien miteinander zu versöhnen und auf eine gemeinsame Strategie einzuschwören – nur so könne man etwas erreichen. Und jetzt sei die Gelegenheit, vielleicht schon nächste Woche nicht mehr. Konflikte, die jahrzehntelang schwelten, könnten nun endlich beigelegt,

Chancen, die sich vielleicht nie wieder eröffneten, augenblicklich genutzt werden.

„Aber keine Sorge“, erhebt Mutzenbacher noch einmal das Glas. „Wir fahren noch nicht gleich. Erst morgen. Habe mich in deiner Pension eingemietet. Wirklich sehr nett da.“

„Aber ...“ Battista hat die größte Mühe, die Contenance zu wahren.

„Nein, nicht auf deinem Stockwerk. Eine Etage drüber. Da ist der Blick schöner. Übrigens ein wirklich ausgezeichneter Rosé.“

„Ja“, beginnt Brancusi zaghaft zu nicken, „ganz ausgezeichnet.“

II. TÄTER

Ein Schloss in Rumänien

Was die Entführer mit der Entführten weiterhin auszustehen haben. – Warum das Randy besser aushält als sein Kollege und welche Rolle dabei ein Schloss in Rumänien spielt. – Welche Ereignisse seine Karriere als Kleinkrimineller begründet und befördert haben. – Was es mit der Schrottsammelei auf sich hatte, aber leider nicht mehr hat. – Wie sich ein Pfälzer fühlt, wenn er sich in mehr oder weniger feine Gesellschaft begibt. – Wodurch sich perfekte Aneignungsplanung vom Spontanraub unterscheidet und was es ferner dabei zu beachten gilt.

Für 80.000 Euro muss man meistens eine Menge leisten, es sei denn, man ist Erbe, Investmentmanager, kriminell oder eine Kombination daraus, was durchaus häufiger vorkommt als man annimmt. Wer seine Fertigkeiten allein auf das Gebiet der unerlaubten Vorteilsnahme konzentriert, soll manchmal größere Anstrengungen auf sich nehmen müssen als sich Laien das vorstellen können – so heißt es wenigstens. Zumindest für den bedauernswerten, fast noch jungen Mann, der soeben ein Tablett die Treppe herunterbalanciert, trifft dies in vollem Umfang zu: sein heiß gehegter Wunsch, endlich diesen ganzen Irrsinn hinter sich zu haben, macht es ihm nur noch schwerer, den Augenblick zu ertragen, diese Kette von ereignisarmen Tagen. Branko ist genervt wie lange nicht.

„Die Alte", raunzt er in den ehemaligen Aufenthaltsraum, „will keinen Kartoffelbrei aus der Tüte."

„Sag ihr, der wär selbstgemacht", gähnt der dürre Kamerad, der sich auf der Couch ausgestreckt und in ein Handyspiel vertieft hat.

„Glaubt sie nicht. Die doch nicht!" Missmutig leert Branko das Tablett samt Trinkbecher in den Mülleimer. „Ich halt das keinen Tag mehr durch."

„Musst du aber. Gleich ist Schichtwechsel."

„Da! Hörst du das!" Verzweifelt zeigt Branko nach oben. Mehrmaliges Wummern in einem ausgesucht bescheuerten Rhythmus ist zu vernehmen: damm – dada, damm, damm, da – damm!

„Die will schon wieder was!"

„Dann geh halt hoch und erfüll ihr den Wunsch. Du weißt, was der Chef gesagt hat."

Branko macht Anstalten, eine Stehlampe im Stil der 60er-Jahre per Kopfstoß niederzustrecken, schiebt den Unterkiefer vor und stampft wieder nach oben. Der Kollege auf der Couch reckt sich sachte bebend wie eine junge Hündin beim Aufwachen – und lächelt. Nur noch anderthalb Tage! Dann packt er alles zusammen und auf Nimmerwiedersehen.

Im Gegensatz zu Branko alias Batscher hält Randy alles aus: ohne zu meckern, ohne auch nur einmal schlechte Laune zu bekommen. Nur müde ist er, furchtbar müde. Die Zwillinge schlafen keine Nacht durch, die Freundin ist seit Tagen mit sogenannten Reisevorbereitungen beschäftigt, alles bleibt an ihm hängen.

Aber was soll's.

Er will es ertragen, denn das Ziel ist fürstlich – in jeder Hinsicht! Ein halbes Jahr mag es her sein, als er beim Hin- und Her-Klicken im Internet auf dieses unglaubliche Angebot gestoßen ist. Die Fotos – einfach umwerfend. Die Kommentare – alle positiv. Die Aussichten – paradiesisch. Selbst Genoveva, die seit der Geburt viel vorsichtiger mit allem geworden ist und deswegen erst einmal alles durchrecherchiert hat, hegt keine Zweifel: Da wartet die Chance ihres Lebens. Als Gelegenheitsesoterikerin ist sie vollkommen überzeugt, dass es sich um Fügung handelt, um einen seit jeher für die kleine Familie reservierten Glücksfall. Außerdem – und das wiegt noch schwerer – befindet sich die Liegenschaft im Land ihrer Großeltern.

Ja, wo denn?

Es ist eine Auffahrt wie im Film. Prächtige Laubbäume geben den Blick über die Wiese frei ... auf ein Schloss, ein richtiges Schloss, gelegen im Altland, einem Teil Rumäniens, teils unerschlossen, doch fruchtbar, gesegnet mit allzeit gutem Wetter und mit freundlichen, dienstbaren Menschen. So die Beschreibung. Randy hat sich bei einem Kumpel erkundigt, der mal „da unten" Urlaub gemacht hat. „Mit 10.000 Euro bist du da unten der King!" Das würde passen, sogar üppig. Denn das Immobilienunternehmen verlangt nur 50.000 Euro als erste Rate. Mit dem Rest würde sich Randy eine Existenz aufbauen – und zwar als Waldbesitzer. „Damit machst du da unten am meisten Kohle", so der selbst zwar mittellose, doch in Geldangelegenheiten bestens bewanderte Freund. „Du sitzt auf deinem Schloss, hast deine Leute ... und einmal am Tag fährst du Kontrolle."

„Oder wir reiten!", erneuerte Genoveva ihre Jungmädchenfantasien.

„Könnt Ihr machen", hieß es kennerisch. „Ein Pferd kostet da unten weniger als bei uns ein scheiß Fahrrad."

Spätestens seit der Einführung des Euro, als die Kugel Eis auf einmal nicht mehr dreißig Pfennige, sondern umgerechnet

2,60 DM kostete, hörte Randy immer wieder die Überlegungen im Familienkreis, irgendwohin auszuwandern. Da er noch ziemlich klein war und alles glaubte, vor allem, was die abenteuerlichen Onkels erzählten, setzte sich ein Ziel in seinem Innern fest, so als wäre damit die Loslösung von allen Schwierigkeiten augenblicklich verbunden: auswandern! Es häuften sich Fernsehserien, die eben dies zum Thema hatten; Randy vernahm die Geschichte einer jungen Frau aus seinem Viertel, die bereits als Schülerin abgehauen und in Neusee- oder -fundland zu Reichtum gekommen war.

Ganz bestimmt glaubte er das.

„Hier hast du keine Chance mehr", dekretierte Onkel Diez wieder und wieder, so erst vor Kurzem. Und von seiner Warte aus hatte er ja Recht. Denn Diez, wie die meisten anderen Onkels, war Schrotthändler, Schrottler in ihrer Sprache, seit Generationen Haupterwerbsquell der Großfamilie und trotz erheblicher Schwankungen eine gewinnbringende Tätigkeit, die vielerlei Vorteile in sich vereinigte: Musste man schon in einer Gegend hausen, die von anderen gemieden wurde; stellten sich einem immerzu unüberwindliche Hindernisse auf dem Weg zu Ansehen und Verdienst in den Weg; war man schon gezwungen, findiger und vor allem umtriebiger zu sein als die Privilegierten, so gab es doch immerhin diesen einen Ausweg – nach Jahrzehnten so bewährt, dass Alternativen für manchen Werdegang gar nicht mehr diskutiert wurden.

Für Randy schon mal gar nicht.

Denn bereits als Grundschüler durfte er beim Verladen manchmal mittun und bewies einen vielfach gelobten Ehrgeiz, indem er mit seinem Fahrrädchen die abgelegenen Winkel Ludwigshafens erkundete, immer auf der Suche nach verwertbarem Schrott, am besten natürlich Metallwaren, auch

Elektroschrott, und die Verbindung aus beidem war am besten: Kühlschränke, monströse Backöfen, die nach langem Berufsleben endlich ausgedient hatten, aber auch Wärmehalteplatten, Toaster und anderer Kleinkram. Fahrräder in Hecken, unvorsichtig gelagerte Drahtrollen, einmal sogar ein Stapel Kanaldeckel – Randy spürte alles auf. Onkel Thorsten, der Großzügigste in der Verwandtschaft, fand früh Gefallen an Randys Aktivität und nannte ihn „meinen kleinen Trapper." Das beflügelte den an schulischen Angelegenheiten zu keiner Zeit interessierten Knaben derart, dass er sein Beobachtungsgebiet auch auf jenseits der Gatter und Zäune verlegte; einige der meist spätabends oder frühmorgens durchgeführten Beutezüge waren schlicht räuberischer Diebstahl.

Im Unterricht kämpfte Randy mit Schlaf.

All dies hätte so weitergehen können und weitergehen sollen, doch dann kam Paragraph 18. Der gehört zu einem bürokratischen Gespenst mit Namen „Gesetz zur Förderung der Kreislaufwirtschaft und Sicherung der umweltverträglichen Bewirtschaftung von Abfällen" und fordert vom Schrottler, bei der Kommune präzise Angaben zu hinterlegen, bevor er auch nur ein Schräubchen vom Boden aufklaubt. „Schuld sind die Chinesen", meinte Onkel Diez erkannt zu haben; der dortige Boom erfordere immer größere Mengen an Metall, vor allem Kupfer, was den deutschen Behörden selbstverständlich nicht verborgen blieb. Kurzerhand erklärte man alles, was irgendwo herumstand oder -lag zum kommunalen Eigentum ... und entrechtete somit Tausende, die zuvor in diesem rauen Gewerbe die letzte Möglichkeit gesehen hatten, legal oder doch zumindest halblegal einer geregelten Tätigkeit nachzugehen. Die Kosten für die ungezählten neuen Arbeitslosen überstiegen den vermeintlichen Gewinn um ein Vielfaches.

„Idioten, alles Idioten!“, röchelte Onkel Thorsten.

Die Umsetzung gestaltete sich mancherorts schwierig; es gab einzelne Beamte, die sich schlicht weigerten, die angeordneten Kontrollen durchzuführen, weil sie moralische Skrupel hatten und mit den Schrottlern im besten Einvernehmen standen. Doch es gab auch Gabriel Büsode: Kein anderer verschrieb sich mit solcher Verbissenheit der Einhaltung der neuen Bestimmungen. Wie ein wildgewordener Sherriff spürte er den Schrotthändlern nach und brachte alles zur Anzeige. Wenn die Bußgelder verkündet wurden, hörte man ihn heiser kichern: zweimal 75.000 Euro schon in den ersten Tagen, das war ganz nach seinem Geschmack. Damit wurden fünf Familien zu Sozialfällen.

„Selber schuld,“ knarrte er. „Ich hab sie gewarnt.“

Randy hatte damals einen Betreuer, die Familie nannte ihn Sozialhelfer, der vom Jugendamt auf ihn angesetzt war – eigentlich ein netter Kerl, zudem keiner der dümmsten. „Ziel jeglichen Verwaltungshandelns“, hatte jener einen Philosophen zitiert, „ist das Stopfen von Schlupflöchern.“ So ganz hatte Randy nicht verstanden, was damit gemeint war; eines aber schien festzustehen: Bürokraten sind Feinde, die ihn und seinesgleichen mit allen Mitteln bekämpfen. Also musste man sich wehren, sofort. Zum Teenager herangewachsen, dem die Chancenvielfalt der Schrottwelt nicht mehr offenstand, begann Randy mitsamt seinen Kumpels einen Kriegszug gegen die Gesellschaft, der ihm alsbald und immer öfter Erfahrungen im Jugendknast ermöglichte.

Hier schloss er weiterbildende Freundschaften.

Nur zwei große Schrottunternehmen überlebten den Massendiebstahl durch den Staat. Randy half aus, hatte aber keine rechte Lust dazu, denn sein Lebensziel, selbst einmal einen großen Pritschenwagen zu steuern und selbstständig Gewinn zu machen, war dahin. Auch die zum Ausgleich verübten klein- bis mittelkriminellen Unternehmungen inspirierten ihn bald nicht mehr in dem Maße; das Risiko war hoch, die Sore oftmals winzig … und der Knastaufenthalt namenlos öde, wenn man's oft genug erlebt hatte. Spätestens als Genoveva in sein Leben schwebte, war er auf der Suche nach einer Alternative. Die heißt seit Kurzem Rumänien.

Genoveva recherchierte die Lebensbedingungen im Land der Ahnen … und kam zu fantastischen Ergebnissen. „Ein normaler Rentner", las sie vor, „kommt mit monatlich unter hundert Euro gut über die Runden. Darin enthalten sind sämtliche Aufwendungen, inklusive gesundheitliche Betreuung, falls nötig. Grund dafür sind die im Vergleich ungeheuer niedrigen Lebenshaltungskosten in dem Balkanstaat." Wahnsinn! Die beiden umarmten einander mit Inbrunst. Jene Warnungen, die betrügerischen Geschäftemachern galten, schlugen sie gerne in den Wind – geschickt war man ja selbst und mit allen Wassern gewaschen. Wer sollte ihnen etwas streitig machen?

Schlossbesitzer … Ich werde Schlossbesitzer! Bald kannte Randy keinen anderen Refrain mehr. Batscher ging er damit gehörig auf die Nerven. Selbst Genoveva mochte seine permanenten Visionen nicht immer hören. „Ist ja gut jetzt", wies sie ihn zurecht, wenn er wieder einmal hoch zu Ross seine Ländereien observierte. Doch Randy lächelte nur, endlich, seit vielen Jahren zum ersten Mal wieder von einem Ziel beseelt, dem er alles unterordnen würde. Bald schon wird er die Auffahrt persönlich begutachten, wird fleißig sein und ideenreich, und nach vielleicht fünf, sechs Jahren ist er ein gemachter Mann.

Dann kommt er wieder und holt alle nach.

Vollauf beschäftigt mit Zukunftsplänen, stellt es für Randy durchaus keine Zumutung da, Brankos Bettelei, doch ein bisschen früher Pause machen zu dürfen, huldvoll zu gewähren. Selbst die ständigen Beschimpfungen durch die betagte Geisel, worunter „du nixnutzischer Dollbohrer, du nixnutzischer" noch die mildeste Variante darstellt, nimmt er mit Humor und verstrickt Kurts Mutter immer wieder in heitere Wortgefechte. Ab und an lacht Frau Wessa sogar laut auf, wenn sie Randys mitunter originelle Antworten vernimmt und bescheinigt ihm „im Grund wahrscheinz gar kään so schleschder Kerl" zu sein. Dass dahinter eine gewisse Absicht liegen könnte, kommt Randy nicht in den Sinn. Denn er weilt ja längst anderthalbtausend Kilometer weiter östlich und blickt vom Söller seines Anwesens übers Land.

Beim letzten Mal ist ihm die Anfahrt viel länger vorgekommen. Niemand, der auf das Landsträßchen einbiegt, kann sich vorstellen, was dahinter kommt: zehn, zwölf Kilometer Wald, unterbrochen nur von winzigen Viehweiden, ein paar Ziegen drauf oder Kühe, dunkle Unkenteiche, ab und an sind Villen, richtige Lustschlösser zu erahnen, die ihre verzierten Dachlandschaften über die Gipfel erheben. Innerhalb kurzer Zeit zeigt das Außenthermometer fünf Grad weniger – oben sind es acht. Der Asphalt-Belag geht in Schotter über, dann in Laub und Fichtennadeln. Die Fahrt ist kurvig, die Straße so eng, dass man weit, weit rückwärts bis zur nächsten Parkbucht fahren müsste, wenn einem einer entgegenkäme.

Es kommt aber keiner.

Die Aussicht auf eine ihm grundfremde Gesellschaft lässt Beklommenheit in Helge aufsteigen, auch Ärger; wie hatte er sich beschämt gefühlt, beim ersten Mal, als er Auskunft geben sollte, wer er sei, welche Grundwerte er vertrete (was sollte das denn?), wie er sich den Ablauf der Unternehmung denn so vorstelle ... und die Dame im Sommerkleidchen und der Pinkel, der sich Herr Martins nannte, sicher ein Deckname, in einen Lachsturm ausgebrochen waren.

„Goldig, diese Pfälzer, findest du nicht?“, hatte sie geflötet.

Doch das Schlimmste: Helge hatte unsicher mitgelacht, betreten unter sich geblickt und geschwiegen. Goldig! Auf den Gedanken wäre nicht einmal seine Mutter verfallen, als er noch in die Windeln schiss. Nein, niemand hatte ihn je goldig gefunden, und am liebsten hätte er auf der Stelle gezeigt, wie ungoldig er wirklich war. Aber es ging ja um viel: auch für Helge, den Zwei-Meter-fünf-Mann, der fetteste Auftrag seiner Karriere, Grund genug, sich die Finger dreckig zu machen. Aber sich beleidigen lassen? Es hatte in ihm gebrodelt.

Bis der Sekt kam.

Mamma mia, war dieses Gesöff klasse! 160 Euro die Pulle, hatte er noch am selben Tag recherchiert. Und dann diese Häppchen ... So was hatte er in der Tat noch nie gegessen. Wundervoll angerichtet, jedes Detail abgestimmt: Meeresfrüchte unbekannten Namens, verziert mit Kräutern, deren Geschmack ihm sofort als ungewöhnlich auffiel. So saß er auf der Terrasse, bei sehr, sehr reichen Leuten, die es nicht einmal nötig hatten, irgendein Versteckspiel aufzuführen. Helges Verwunderung über diese ungewohnte Offenheit ließ abrupt nach, als zwei dieser Kerlchen die Versammlung enterten, denen er auf Anhieb ansah, dass sie getötet hatten. Okay, die waren aus anderem Holz geschnitzt; er würde also gut zuhören, alles zur vollsten Zufriedenheit ausführen, vielleicht darauf hinweisen, dass man sich nicht lustig machen soll.

Und ansonsten die Fresse halten.

An der Stelle, wo der Weg in eine Lärchenschonung einbiegt, hatte er neulich befürchtet, sich verfahren zu haben; jetzt weiß er es besser. Helge blinzelt in die tiefstehende Sonne, jede Menge von diesem Waldzeugs fliegt herum. Richtig, da kommt wieder das Hinweisschild „Forstarbeiten", die komische Schutzhütte ohne Eingang und dann schon wieder so eine behämmerte Wiese, beim letzten Mal mit Pferden, jetzt ohne. Zu seinem Unmut wird er auf dem Parkplatz erwartet. Der schlankere der beiden Bodyguards oder Killer oder Hobby-Folterknechte erwartet ihn. Ohne zu grüßen, raunzt der ihn an: „Du bist zu spät, mein Lieber."

„Bin ich nicht ...", will Helge zurückschießen, doch unterbricht er sich selbst und korrigiert: „Keine fünf Minuten."

„Sieben."

Hintereinander steigen sie ein bemoostes Treppchen hinauf, ständig hat er diesen dürren Hintern dieses gemeingefährlichen Hänflings vor sich, bis sie auf der mildbeschienenen Plattform anlangen. Wortlos weist ihm der nach Moschus stinkende Typ einen Platz am Gartentisch zu. Diesmal gibt es keinen Sekt, hat es den Anschein. Schade. Dafür stellt Helge fest, dass er von hier aus einen unfassbaren Weitblick hat. Gibt's doch nicht, sagt er zu sich selber, da kurvst du durch die engsten Täler, windest dich durch die ganze bescheuerte Natur dieses von niemandem jemals betretenen Mittelgebirges ... und landest auf einmal auf so einem Aussichtsgipfel! Nahezu das komplette Rhein-Main-Gebiet öffnet sich in milchiger Ferne, von den blass- bis dunkelgrau verschwimmenden Hunsrückhöhen über den Taunus bis hinüber zum Spessart ... und das dazwischen, diese verwaschenen Spitzen und Stelzen, eng zueinander gerückt, das wird wohl Frankfurt sein.

Da war er noch nie.

Als Helge eine Art Geklingel vernimmt, regt sich zaghaft die Hoffnung, es gebe doch wieder von diesen wunderbaren Speisen zu naschen und was Feines zu trinken. Irgendwie fühlt er sich doch geehrt, in dieser entrückten Society eine Rolle zu spielen – und sei es die des Pfälzer Dödels. Und richtig, mit Willkommen heißenden Gesten eiert sein Auftraggeber – oder doch wohl eher der Unterhändler, der für ihn zuständig ist – über die Rabatten gesäumte Rasenanlage auf ihn zu. Mist, die Tante im Sommerkleid ist nicht dabei, die hätte er sich gerne noch mal aus der Nähe angeguckt: Also so was Schickes ...

„Hallo, mein Lieber!" So scheint man sich hier wohl anzureden. „Appetit mitgebracht? Es ist gerade so schönes Wetter, da dachte ich, wir bleiben einfach auf der Terrasse."

„Mir sehr rescht", hört sich Helge sagen.

Er bemerkt, wie er seinem Kurpfälzisch einen gewissen Schliff geben will – komisch klingt das, gar nicht wie er selbst.

„Ich dachte mir", weist sein Gastgeber auf einen Kellner hinüber, der einen Korb mit Flaschen trägt, „ich mache Sie ein bisschen bekannt mit der Materie, die uns beschäftigen wird."

Helges Erstaunen deutet er falsch. „Oh, keine Sorge, ich weiß ja, Sie müssen noch fahren und morgen Abend fit sein, deswegen: nur ganz kleine Schlückchen."

„Schade", entfährt Helge ein Seufzer.

Herr Martins scheint das sympathisch zu finden. Er rempelt ihm gegen die Schulter: „So was freut mich: Leute, die was Gutes zu schätzen wissen! Wissen Sie was? Ich gebe Ihnen ein Fläschchen mit, zum Privatstudium."

Helge strahlt wie früher, wenn ihm Onkel Thorsten Weingummi kaufte.

Es folgt eine Unterweisung in – fast durchgängig – französischen Weinen der Extraklasse, vor allem die Etiketten sind wichtig, Informationen zu den Weingütern und ihrer Historie gibt es obendrauf (so ein Schwachsinn!) und überdies etwas Geschmackskunde. Unglaublich, dass man ihn, das einzig und allein für die Praxis vorgesehene Organ, für Wert hält, hier eingeweiht zu werden! Die einzige Schwierigkeit: Helge schmeckt überhaupt nichts von diesem Kram; das Beste sind noch die weichen Käsebällchen, wunderbar lauwarm, er futterte ein Dutzend. Doch erdig schmecken die schwarzroten Weine, bitter allesamt, Probeschluck für Probeschluck eine Überwindung, einfach anstrengend. Was gäbe Helge für einen halbsüßen Dornfelder aus Edesheim! Oder ein Dubbeglas voll Schorle!

„Was Sie auf keinen Fall vergessen dürfen …“, leitet Martins meistens ein, schlürft ausgiebig und weist auf das jeweilige Etikett. Da wird Helge allmählich bewusst, dass etwas anderes verlangt ist als sonst.

„Ich dacht …“

„Ja?“

„… mir räumen den Laden aus und finito?“

„Aber Helge …“ Väterlich lehnt sich der Gourmet zu ihm hinüber. „Wir sind doch keine Barbaren, nicht?“

Gut zwei Stunden später wankt Helge, eine ledergebundene Aktenmappe mit Dutzenden von eingeklebten Etiketten untergehakt, den moosigen Pfad zurück zu seinem Opel. Indessen dieser Martins schätzungsweise 1,5 Liter abgepumpt hat, beließ er es selbst tatsächlich beim Nippen; Benimm heuchelnd, kippte er sogar die Restchen je und je in den Ausgießer. Was ihm nicht schwerfiel, war ja furchtbar – dennoch, die Soße klebte an seinen Schleimhäuten, denen nichts Schlaueres einfiel, so scheint es, als vor allem den Alkohol ungefiltert weiterzuleiten: ins Hirn. Manchen Doppelkopf-Abend hat Helge in Erinnerung, als er mit zehn, zwölf Bier bei Weitem besser fuhr als jetzt.

Während der Wagen durchs Waldesdunkel kriecht, steckt sich Helge eine Zigarette an und lässt die Seitenfenster runter. Im Radio läuft so ein Ding aus den Achtzigern, die Melodie unterbrochen von ziemlich hartem Schlagzeugeinsatz, einem treibenden Rhythmus, der Helge unwillkürlich mitwippen lässt. Doch während er die Serpentinen ins Tal hinunterlenkt, verlangsamt sich der Aufprall der Trommelstöcke auf sonderbare Weise, Bilder der vergangenen Tage vermischen sich: der schlürfende Martins, die zu dunkel gegrillten Steaks vom Vorabend, seine beleidigte Freundin ... und dann diese Schläge, einer nach dem anderen ... und er sieht es wieder vor sich, dieses Gesicht, wie es zur Seite sackt ... den Holzgriff, wie er mit Wucht die Schläfe trifft ... und er hört das Geräusch, dieses trotz Dutzender Schlägereien durchaus unvertraute Geräusch, wenn ein Schädel platzt.

Helge bremst. Beinahe wäre er vom Weg abgekommen.

Gelegenheit schafft Rache

Wovon man mal mehr, mal weniger braucht, um so richtig voll zu werden. – Womit man sich am besten motiviert, um den größten Mist seines Lebens zu bauen. – Wie Übermut und gute Laune manchmal zu blöden Situationen führen und manche Leute sich mitunter ganz schön verschätzen. – Womit man einen Menschen tötet. – Was danach alles nötig ist, um vielleicht irgendwie ungestraft davonzukommen. – Warum dann tatsächlich erst mal niemand festgenommen wurde.

Die Dong hätten sie vermutlich nicht mehr gebraucht, aber es war halt ein schrulliger Abend, Randy hatte das Bier besorgt und der Batscher den Jägermeister, sie hatten auf den Stufen gesessen, mit Blick in Helges „Betongärtchen" und unendlich viel dummes Zeug gequatscht. Helges Freundin Sally war am Nachmittag abgerauscht, hatte mal wieder genug von seinem Machogehabe, das sie anfangs so attraktiv fand, später nicht mehr, das er aber nicht abstellen konnte, weil ihm grundsätzlich nicht einfällt, wie er sich sonst verhalten könnte. Na immerhin, damit waren Haus und Hof frei bespielbar, und anstatt schon wieder in Trixis Zocker-Kneipe zu tapern, wies Helge die Kumpels an, ihn doch mal wieder zu besuchen. Daheim.

„Grillabend. Hatten wir lange nicht. Lust?"

Doch irgendwie und so auf Dauer bot der Hinterhof mit dem spärlichen Grün, nachdem die reichlich röstaromatischen

Steaks verzehrt waren, nicht so furchtbar viel Unterhaltung, etwas musste noch kommen, denn dafür waren sie einfach noch zu jung: einfach zu Hause rumsitzen. Das Leben rekapitulieren. Der Zukunft ruhig entgegenharren. Randy hatte ohnehin die ganze Zeit in sein Handy getippt und nur sporadisch am Gespräch teilgenommen, er wiederholte sich ständig, sie sollten noch was losmachen, ob es nicht irgendwo ein rumänisches Restaurant gäbe und so einen Muks, dabei lallte er schon prächtig, ziemlich weit hinten in der Kehle. Helge selbst bemerkte die Gefahr heraufsteigen, dass er sich wieder hineinsteigern würde: in das ewige Gemecker über Sallys Gemecker, sie war aber auch, und eigentlich hatte er von Randys misshelligen Schilderungen des Familienalltags schon genug.

Somit bastelte er die Dong.

Und die bewirkte Erstaunliches. Müdigkeit und Motzerei verflogen, und „das Projekt" nebst unsagbar erquickenden Folgewirkungen stand wieder im Mittelpunkt der Betrachtungen. Helge hörte sich selber sagen, naja, so eine kleine Vorab-Ortsbesichtigung würde vielleicht nicht schaden, was Randy, den Angstschisser, in die Bredouille brachte, denn die Koordination beim Beine-Voreinander-Setzen ließ bereits zu wünschen übrig. Beim Abräumen fiel Helge die Dong runter, doch was ihn sonst fraglos zu Wutstürmen veranlasst hätte, bewirkte jetzt nur ein jünglingshaftes Kichern: „Scheißegal, bald kauf ich mir fünf! Fünf neue – aber was für!"

Kaum aus dem Hoftor gekullert, landeten die Freunde bei Roswitha, die schon dabei war, ihr Jägerstübchen abzusperren, doch für solche Stammgäste hatte sie immer ein Herz. Und drei Rindswürste. Plus noch mal drei Jackie Cola für jeden ... und ein Weizen für Helge, denn er konnte diesen Süßgeschmack im Hals nicht ab. Als sie Friesenheim über den

Ruthenplatz verließen, überkamen ihn noch einmal Bedenken: Hatte er nicht selbst gepredigt, nie und zu keiner Stunde vor und grundsätzlich nicht nach einer Tat am Tatort sich sehen zu lassen? Die Vorbereitungen soll ja diese Gurke aus der Pfalzkellerei übernehmen – wozu da selber in Erscheinung treten, der Mann war doch schon genug unter Druck! Doch eine Mixtur aus Abenteuerlust, simpler Neugier und vor allem doch wohl rauschbedingter Gleichmütigkeit ließ sie immer weiter Richtung Veilchenduftstraße driften, bis es schließlich zu spät war. Randys Mahnung an der Straßenecke, jetzt sei es aber genug, vielleicht sollten sie doch besser umkehren, und zwar jetzt gleich, zum Teufel noch mal, beantwortete Helge mit Hohn: „Unser Randy wieder. Kannst ja gerne nach Hause gehen ... zu deinen ... zu deinen nervtötenden Zwillingen, jawoll! Wir erzählen dir dann, wie's war. Gell – gell, Batscher?"

Wer weiß, ohne die Erwähnung seiner Plagen wäre Randy vielleicht wirklich kurz vor der Katastrophe noch zu Besinnung gekommen. Doch die Aussicht, Genoveva am Ende noch wach vor dem Fernseher zu finden und die Kinder obendrein, wie immer schreckliches Chaos verbreitend in Flur und Badezimmer, stimmte ihn miteins verdrießlich und er half Branko beim Singen, ein obszönes Sauflied mit kräftigem Refrain: „Ohoh, heh, holalala ..."

„Jetzt aber mal pst!", mahnte Helge, als sie in die Nähe der HoWoGe-Parkplätze vor der Pfalzkellerei kamen.

Randy zückte drei verbilligte Jägermeister. Ab diesem Zeitpunkt spätestens hätten sie mildernde Umstände geltend machen können; denn jetzt vergaßen sie alle Vorsicht, näherten sich ungeschützt dem Rollgitter, dachten nicht an Videokamera noch an Bewegungsmelder und randalierten vor dem langgezogenen Flachbau. Branko untersuchte, ob man nicht doch viel leichter von der Seite eindringen könne ... und kam mit der Nachricht zurück, da sei bloß so ein Gitter vor, Rauten aus Draht, leicht aufzubiegen, überdies nur gesichert durch ein altmodisches Schloss.

„Das knack ich", nickte Randy und machte sich auf zu einer der zahlreichen Baustellen, die Ludwigshafen seit Menschengedenken zieren. Diese befand sich in unmittelbarer Nähe, zu Füßen eines bunten Bunkers, verziert von wohlmeinenden Sozialarbeiterinnen Ende der siebziger Jahre. Die Absperrung überkletterte er, wobei er sich ein paar Schrammen holte; den Bauwagen zu entern, war für ihn ein Leichtes. Doch was darin herumlag, vorbildlich gereinigte Arbeitsgeräte, schien alles nicht recht zu passen für sein Vorhaben, so dass er entnervt nach einer Spitzhacke griff, jenem Allzweckgerät, das die Bauarbeiter Pickel nennen und das man immer an irgendwen verhökern kann.

„Ey, du spinnst doch", begrüßten ihn die Kollegen und krümmten sich vor Lachen, als Randy Anstalten machte, das Haus allein zu stürmen, die neu erbeutete Waffe bauernkriegsmäßig geschultert.

Die drei überboten einander in absurden Schilderungen, wie sie an jene von einem Krösus begehrten Weine herankommen würden, am besten jetzt sofort und ohne Anstrengung; Branko meinte gar – mit ölig schwerer Zunge –, es sei doch das Beste, sie würden die Plörre auf der Stelle ganz alleine aussaufen, was kümmerten sie die Gelüste irgendwelcher Bonzen, und wer könne sich sicher sein, ob sie den Lohn tatsächlich ausbezahlt bekämen. – Bis hierher hätte alles als Alkohol-Streich und typischer Blödsinn jüngerer Männer ausgehen können, alles fast noch im Rahmen, und Gott schützt die Besoffenen. Aber nur manchmal.

Denn selbst zu später Stunde ist man in Großstädten nie allein, und es gibt immer Leute, die sich vom Lärmen irgendwelcher Rowdys nicht abschrecken lassen, sondern, im Gegenteil, sogar angezogen fühlen: um auf eigene Faust für Ordnung zu sorgen. Als sie den Lackaffen in seinem hellbeigen Anzügelchen auf sich zukommen sehen, machen sie sich sofort lustig. Randy, der sich einigermaßen auskennt im Rund, weiß sofort, wo der herkommt: „Ey, der hat sich bestimmt in dem Sterne-Dings da vollgefressen, Lachs und Austern und so ..."

Helge ist es äußerst unangenehm, mitten in dem eskalierenden Quatsch gestört zu werden; doch seine Befürchtungen, dieser Augenblick könne sich negativ auf das für alle entscheidende Vorhaben auswirken, werden einerseits durch das Gemisch vernebelnder Substanzen gemildert, andererseits fühlt er sich schon immer auf der Stelle beleidigt, und was der ungebetene Gast da von sich gibt, schürt unmittelbar das Glimmen der Aggression.

„Na, das darf ja wohl nicht wahr sein? Ja, wer pöbelt denn hier rum? Das werden wir doch gleich mal weitermelden ..."

„Was is mit Pöbel?", fährt Randy herum – und kommt fast aus dem Gleichgewicht.

In diesem Moment beginnt der Aufpasser zu ahnen, dass er sich in eine unübersichtliche Situation hineingebracht hat; angesichts des schweren Handwerksgeräts in Randys Hand weicht er zwei Schritte zurück ... und gibt somit Schwäche zu erkennen. Branko, den jede Art von Spitzel- und Denunziantentum schon immer zur Weißglut bringt, beginnt aus dem Stand, den feinen Fresser zu beleidigen. Doch schließlich ist es Helge, dem die schicksalhafte Entdeckung gelingt.

„Nee. Jetzt guckt mal, wen wir da haben: den Blockwart persönlich!"

Die Straßenlaterne scheint hell genug, dass auch die Kumpanen erkennen können, dass sie keinem Unbekannten gegenüberstehen.

„Gibt's nicht: der Büsode!", staunt Branko.

„Das Schwein, die Pottsau!"

Der Name genügt, um Randy unversehens in einen der Nüchternheit ähnlichen Zustand zu versetzen. Den Pickel fester greifend, nähert er sich dem in die Enge getriebenen Möchtegern-Sheriff mit Tempo.

„Ja – endlich!"

Allen, auch Büsode, dem seine Grenzen wie stets überschreitenden Immobilienfürsten, wird unmittelbar bewusst, dass es von nun an kein Zurück mehr gibt; es steht noch nicht fest, wie genau der Übergriff erfolgen wird, ob vielleicht sogar ein Fluchtversuch sinnvoll sein könnte, doch Randy handelt schnell: Von Racheimpulsen überwältigt, im Vollgefühl, hunderten Opfern dieses Unmenschen Vergeltung zu schaffen, wirft er die Hacke zu Boden und geht mit den Fäusten auf Büsode los.

„So was macht man von Hand!"

Doch was geschieht? Der Stelzaffe setzt sich zur Wehr ... und nicht einmal ungeschickt: Im Gemenge trifft er Randys Nase quer mit der Faust. Der plötzliche Schmerz macht den Blutenden rasend, alter Gewohnheit folgend, geht er mit den Füßen zum Angriff über. Ein Tritt trifft den Feind in der Mitte, der nächste am Knie, und schon kriecht er am Boden.

„Haut ab! Haut ab!"

„Lass ma, jetzt bin ich dran!", faucht Helge.

Und nimmt augenblicklich wahr, dass Büsode in die Innentasche seiner Jacke greift. Ein Messer? Eine Knarre? Bestimmt hat der eine Waffe dabei, so einer hat doch immer eine

Waffe dabei, und so rasch wie möglich schnappt Helge nach dem Gartenpickel, bekommt den eisernen Hackenteil zu fassen, und schwingt den hölzernen Schaft gegen den Kopf des Knienden. Es klingt seltsam, ein bisschen wie damals in Onkel Hottes Hof, wenn Helge zur Taschengeldaufbesserung Laub rechte, und ein Apfel, der sich in großer Höhe gelöst hatte, auf die Sonthofener Platten patschte. Ohne Schrei kippt Büsode um, und es fällt ihm etwas aus der Hand – kein Revolver, ein Handy.

Das ist jetzt schon egal.

„Jetzt komm ich!", röchelt der Batscher. „Den mach ich zu Mett!"

Er reißt Helge die Hacke aus den Händen und schlägt wie ein Landsknecht im Nahkampf immer wieder zu, mal trifft das Eisen den Schädel, mal fährt es in die Schulter, dann springt es vom Asphalt zurück, und wieder schwingt Branko im Furor den Pickel. Noch ein paar Schläge, ausgeführt mit der tollwütigen Kraft der Rache – dann hält er inne.

Die drei keuchen. Büsode nicht mehr.

Helge ist der Erste, der kapiert, was der Fall ist. Je ein Drittel erstaunt, beglückt und entsetzt, betrachtet er den Sterbenden.

„Weg!", kreischt er die Kameraden an.

Und sie spurten in die Richtung davon, aus der sie gekommen sind. Doch nicht lange; völlig außer Atem, mit der Koordination ringend, beugen sie sich im Mittelstreifen der Ausfallstraße über einen parkenden Sportwagen.

„Scheiße, Scheiße, Scheiße", starrt Helge Branko an. „Wo hast du den Pickel?"

Ohne nachzudenken hat Branko das Werkzeug nach Gebrauch von sich geworfen ... und da liegt es wohl noch, auf dem Gehsteig.

„Langsam, jetzt nicht den Kopf verlieren", zischt Helge, fasst Brankos Wangen mit beiden Pranken und drückt sie zusammen wie bei einem Kuschelhund. „Das muss weg, das muss alles weg!"

Und so geschieht es, dass sie ein zweites Mal in dieser Nacht in die Veilchenduftstraße einschwenken, um mit hastigen Bewegungen den Toten wegzuschleifen, Hacke und Handy aufzusammeln, mit den Schuhen das Blut über die Straße zu verteilen.

„Noch den Schuh von dem Pisser!"

Erschrocken bemerken Randy und der Batscher, dass sie nur noch zu zweit sind. Doch da hörten sie schon etwas klingeln, erst hell und schütter wie einen Nikolausschlitten, dann rasselt es heftiger ... und schließlich entdecken sie Helge, wie er mit einem Einkaufswagen auf sie zu stolpert.

„Da rein! Macht doch!"

Helge vermeint etwas wie ein Knurren oder Knarzen wahrzunehmen, als sie den Erschlagenen in das Wägelchen hieven. Grausig klingt das, doch damit kann er sich jetzt nicht aufhalten. „Wenn uns wer entgegenkommt: Party!"

„Was?"

„Die müssen denken, wir ziehen um die Häuser, okay?"

Überzeugt sind Randy und Branko nicht. Doch es wird gar nicht nötig sein, nächtliche Feierstimmung zu simulieren, denn sie begegnen – keinem. Trotz des fürchterlichen Radaus, den die Räder auf dem Asphalt veranstalten, öffnet sich kein Fenster, schaut kein Passant um die Ecke, hält kein Auto neben ihnen an. Die wichtigste Frage, wohin mit dem Toten, bereitet ihnen die größten Schwierigkeiten ... bis Randy auf einen ziemlich absurden Gedanken kommt, ungefähr so wie kurz vorher Helge mit seiner Party: Vermittelt von Battista

Brancusi, jobbte er ein paar Wochen lang beim ÖMD in der Notdienstpraxis. Immer auf der Suche nach verwertbaren Betäubungsmitteln, hatte er sich damals sofort einen Nachschlüssel machen lassen, allerdings niemals in Einsatz gebracht, da keine BTM bevorratet wurden.

Zu seiner Begeisterung befindet sich der Schlüssel noch immer in seinem Portemonnaie. Branko und Batscher fassen sich erst an die Köpfe, dann finden sie immer mehr Gefallen an der Vorstellung, wie die Leute gucken werden, wenn sie mittwochs ihre Praxis aufsperren – und da säße schon ein Patient … Mal besorgt sich umblickend, dann wieder aufgeputscht durch die Rauschmittel und den grandiosen Einfall, schieben sie den Einkaufswagen gemeinsam durch die leeren Straßen. Einmal, unter einem Balkon im Hinterhof der in den Siebzigern zwischen Hemshof und Rheinufer hingeklatschten Papageienblöcke, vernehmen sie Stimmen … doch das sind Tuschelnde, mit anderen Dingen beschäftigt als drei Totschläger unten auf der Straße zu überführen.

Einen Moment lang befallen Randy Zweifel, als er den Schlüssel an der Praxistür einpassen will.

„Die ham doch wohl nicht …“

Doch dann bewegt er sich doch, und die durch keinerlei Alarmvorrichtung gesicherte Tür lässt sich aufziehen. Im Innern der Notfallpraxis angelangt, sind sie so erleichtert und aufgedreht, dass sofort wieder der Schalk die Führung übernimmt; abwägend, wo sie ihr Opfer am besten ablegen sollen, werden sie sich schnell einig, dass der Zahnarztstuhl die wohl passendste Möglichkeit darstellt. Mit Brankos Handylämpchen sorgen sie für eben so viel Licht, dass sie die schlimmsten Spuren notdürftig verwischen können. Material ist genug vorhanden: Papierhandtücher, Mull, sogar Watte. Als Randy immer noch nicht aufhören will, den Durchgang zu polieren, gibt es fast Streit, denn Helge hat's eilig. Sie bugsieren das blutige, verdreckte Papierzeug in einen Müllsack. Bevor sie die Praxis verlassen, verteilen sie die Aufgaben.

Helge verteilt sie. Er selbst übernimmt den Nikolausschlitten, Randy die Plastiktüte und Branko ... soll sich in Sicherheit bringen, so schnell wie möglich. Noch im Flur werden sie von Sorge überschwemmt; nein, das kann nicht gutgehen! Es genügt ja, wenn sie irgendjemand beim Verlassen des Gebäudes beobachtet: dann war's das. Verdammt, das fetteste Projekt ihrer Karriere, aufs Spiel gesetzt durch Kindereien! Und durch einen Mord... Doch dann passiert etwas Unerwartetes: Wind schlägt ihnen ins Gesicht, feuchter Wind, der Himmel grummelt vernehmlich, und in wenigen Augenblicken geht ein Sommergewitter der kernigen Art über Ludwigshafen nieder. Nichts Besseres hätte ihnen passieren können, und so verabschieden sie sich nicht verzweifelt, hoffnungslos, sondern mit einem Flackern in den Augen.

Bis das Gewissen anfängt, im Gemüt herumzupicken, unnachgiebig, in immer kürzeren Abständen, wird es Morgen sein. Nur Helge hat einen Umweg genommen, in den Maudacher Bruch, wo er unter dem Vordach eines Gartenhüttchens Platz nimmt und raucht. Randy und Branko sind so naiv, sofort nach Hause zurückzukehren, sich ins Bett zu knallen und so schnell wie möglich einzuschlafen, in der Erwartung, der ganze Irrsinn dieser Nacht werde weggespült sein, wenn sie wie neugeboren wieder aufwachen.

Dass die dilettantischen Killer nicht schon in den ersten Tagen festgesetzt wurden, lässt sich auf mehrere unvorhersehbare Umstände zurückführen: Die Tat fand knapp außerhalb des

Erfassungsbereichs einer Video-Kamera statt. Vielfach waren die Namen in den Ermittlungen aufgetaucht, alle drei; zweimal hatten Beamte vor Brankos Haustür gestanden ... und waren wieder abgezogen, weil noch aberhundert weitere Hausbesuche auf dem Programm standen. Schon zu Beginn erwog man in der SOKO, dass ein Team aus wenigen Männern die Tat gemeinschaftlich verübt haben müsse, und es fehlte durchaus nicht an Hinweisen, dass man im ortsansässigen Milieu genauer nachschauen sollte. Doch gleichzeitig gab es so viele weitere Detailinformationen, dass es schlicht an Personal fehlte, alledem mit Konsequenz nachzugehen; dass es nicht zu einem einzigen Verhör eines der Tatbeteiligten kam, war also vor allem dem Missverhältnis von Daten und Datenverarbeitung geschuldet.

Die drei bemerkten davon natürlich nichts. Aber sie warteten. Täglich rechneten sie mit ihrer Festnahme.

„Heutzutage", so der mit Grund pessimistische Randy, „ist doch eh alles überwacht. Wir sind bestimmt auf tausend Fotos. Es müssen doch ganze Aktenberge über uns existieren ..."

Gewiss, die existierten. Aber das spielte für den weiteren Verlauf keine Rolle; die Polizeiarbeit ließ die Flut selbstproduzierter Fakten immer weiter anschwellen. Nachdem es zu Beginn so ausgesehen hatte, dass man „mit Hilfe der Bevölkerung" schnell zu einem Ergebnis gelangen werde, setzte selbst in der Spitze alsbald Zweifel ein. Mit Unglauben nahmen die Täter die Verzögerung zur Kenntnis; der Annahme, die Behörden warteten nur ab, bis der richtige Moment für den Zugriff gekommen sei, folgte nach und nach die Hoffnung, es könne sich doch eines dieser Schlupflöcher aufgetan haben, deren Verschließung, wie Randy wusste, stets höchstes Ziel der Verwaltung war. Welcher Verwaltung auch immer ...

PEACE
LOST IN PARADISE
GERECHTIGKEIT
2020

Der kommende Aufstand

Worüber man spricht: Widerstand in Ludwigshafen! – Wie manche Leute sich organisieren und andere sich echauffieren. – Wozu man ein drei Meter langes Kantholz braucht. – Was der Lardo vom Abenteuer als solchem hält. – Welche Rolle der Brancusi Battista beim Volksaufstand spielt. – Welcher Spezialist zur Beschwichtigung ausgewählt wurde und wann man besser keine Brezeln verschenkt. – Worauf man seine Energien nach einer Demo richten sollte. – Wie es Kurts Mutter gelingt, ihren Bewachern den täglichen Hofgang abzuschwatzen und was passiert, wenn man mit 87 Jahren einen Fluchtversuch unternimmt.

Wollte man das bewegliche Gebilde, das sich in den Vormittagsstunden durch mehrere Ludwigshafener Stadtteile Richtung Zentrum verschiebt, tatsächlich einen Sternmarsch nennen, nun, die Astronomie hätte ihre liebe Mühe, ein Äquivalent in unserer Galaxie zu orten. Es sind lose Verbände, teils bestehend aus über 100, teils aus weniger als zehn Leuten, in unterschiedlichem Tempo auf unterschiedlichen Routen sich fortbewegend; wer es nicht weiß, käme niemals auf den Gedanken, dass sie sich einem gemeinsamen Ziel nähern. Battista Brancusi, heimgeholt vom Chef höchstpersönlich, war auf die bewährte Methode der Gemeinwesenarbeit verfallen, divergente Kräfte zu bündeln, in Bewegung zu setzen und nach der durch Hebammenkunst ans Tageslicht gebrachten Absicht zielorientiert auszurichten.

So weit der Plan.

Die als „Marsch aufs Rathaus“ auf zahlreichen Plakaten annoncierte Kundgebung soll vorwiegend die Bewohnerschaft der Kronstadter Allee mit der des Bamberger Platzes vereinen, spricht aber auch sämtliche politisch Denkenden und solidarisch Fühlenden an, die mit den Zielen der Bewegung wie auch immer in Verbindung stehen. So kommt es, dass nicht nur die selbst von Benachteiligung Betroffenen das sonst recht öde Straßenbild beleben, sondern auch interessierte Einzelne, vor allem aber in sozialen Einrichtungen Tätige in vorderer Linie mit dabei sind. Kein Geringerer als Dr. Paul Bonaventura hatte für die Genehmigung der Veranstaltung plädiert, einzigartig seit Jahrzehnten, von den meisten Stadtratsmitgliedern eher beargwöhnt als begrüßt.

Ein durchaus merkwürdiges Gefühl für den engagierten Mediziner, Seit an Seit mit Werner Mutzenbacher und einem personenstarken Kollektiv aus Erzieherinnen, Sozialpädagoginnen und Sozialarbeitern auf seine eigene kommunalpolitische Wirkungsstätte zuzumarschieren. Auf ein Banner oder eine Fahne hat er diskret verzichtet, im Gegensatz zu Mutzenbacher, der ein Pappschild mit der Aufschrift „Gerechtigkeit für alle!“ hochhält. Mit im Zug befinden sich Irene Meyer, langjährige Leiterin eines Jugendclubs, lauthals „Stoppt Diskriminierung, Frauen an die Macht!“ skandierend sowie Tina Amethyst mit ihrer Frauengruppe „Vim!“ und die kompletten Belegschaften zweier Kinder- und Jugendeinrichtungen.

Am Friedhof vorbei, angeführt von Manfred Beuscherl, einem wieder erstandenen Danton, pilgert eine aus Alteingesessenen des Bamberger Platzes bestehende Abteilung. Auf der Suche nach einem weithin sichtbaren Abzeichen hat Manfred ein knallrotes Bettlaken aus einem der auf städtisches Geheiß behutsam mitten im Wohngebiet aufgeschichteten Sperrmüllberge herausgezogen und an einem drei Meter langen Kantholz befestigt – eine in die Augen fallende Erscheinung, wobei Vertreter des Establishments die Farbe mit Unwohlsein registrieren.

„Retro, alles Retro!“, schimpft Goran de Bruyn, als er aus seinem tanzsaalgroßen Büro der Wohnungsbaugesellschaft, deren Vorsitzender er ist, auf das Spektakel herniederblickt.

Den weitesten Weg hat Käthe Schlickenrieder mit ihrem Ensemble aus der Kronstadter Allee auf sich genommen; schon morgens aufgebrochen, benötigen sie nach einer halben Stunde Fußmarsch eine erste Rast in den Parkanlagen an der Bruchwiesenstraße. Richtig malerisch nimmt sich das aus, wie die Engagierten auf der Wiese lagern und neben Wurst- und Käsestullen vornehmlich jene rohen Eier aussaugen, die eigentlich für gegnerische Kräfte im Attacke-Fall vorgesehen waren. Über die weitere Vorgehensweise entsteht alsbald ein mit Hochdruck geführter Streit, so dass sich eine sektiererische Untergruppe vom Hauptfeld löst und auf eigene Faust dem Rathauscenter zustrebt.

„Bleibt grad hocke, Eich braucht känner!“

Zuerst vor dem Hauptportal eingetroffen sind die Sympathisantinnen von der Hochschule sowie mehrere Aktive der Caritas und vom Diakonischen Werk. Zumal den Älteren, von denen einige die letzten Ausläufer der Studentenbewegung noch selbst miterlebt haben, ist ganz wildromantisch zumute; hätte man damit rechnen können, je wieder, dass sich die Straße mit der professionellen Praxis und der akademischen Speerspitze in Treue vereint und in Massen erhebt? Unglaublich! Dem Versuch des emeritierten Dekans, die Versammelten zum Absingen der Internationale zu bewegen, ist nur ein vorüberwehender, leider recht dünnstimmiger Teilerfolg beschieden.

Mehr Gehör verschafft sich Richard Brahms, dessen charakteristischer Zopf in der Morgensonne schaukelt; er hat einen Betonsockel erklommen und versucht durch ein bei einer freien Theatergruppe entliehenes Megaphon die Menge zu koordinieren ... alsbald unterbrochen von der medienpädagogischen Abteilung, die selbstgebastelte Musikinstrumente in die Höhe hält und trötet und klappert nach Kräften. Das Schattentanz-Protestprojekt der Mannheimer Spaß-Guerilla wird gänzlich überhört, nicht allein deshalb, da es ganz am Rande stattfindet, sondern vor allem, weil das Genre per se der Geräuschlosigkeit verpflichtet ist.

Vom Hemshof aus hat sich ein heterogener Haufen aufgemacht, dem unterschiedlichste Sparten angehören, so das Dialekt-Schauspiel, die Fahrradreparatur, das Bäckerhandwerk sowie die pure Sauferei. Auch Bärbel nebst Freundin Uschi und Tochter Jenny spazieren fröhlich mit; viel versprechen sie sich nicht vom heutigen Zusammenprall der Gegensätze, doch wäre es schofel, ausgerechnet jetzt zu kneifen. Zudem, in der Prinzregentenstraße trifft man auf ziemlich viele Leute, die alle begrüßt werden müssen, so dass dieser Zacken des Sternmarschs bald einem Betriebsausflug, bald einer laizistischen Wallfahrt oder auch dem Vorfeld einer Goldenen Konfirmation gleicht.

Lardo bat um Verständnis. Nach dem Überfall sei er „trinkend einer Trauma-Therapie bedürftig" und solle, laut Anweisung, den Maffenbeier-Garten nur im äußersten Notfall verlassen. Er bot an, gewissermaßen die Zentrale zu übernehmen, wobei er auch schon an den Abend dachte, der ungleich aufregender werden würde. Als er sich auf die Bierbank schob, an der schattigsten Stelle unterm grünen Gewölbe, fühlte er sich ein bisschen wie der Typ aus „Emil und die Detektive" – war es nicht der „Professor", der als Einziger zu Hause blieb und auf alle Abenteuer verzichtete?

Lardo verzichtet gern auf Abenteuer.

Meistens fällt man dabei von Bergspitzen herunter, erfriert im Packeis oder krepiert an Fleckfieber im Sumpf. Hätten diese nach Grausamkeit Verrückten im 15. Jahrhundert auf ihre scheiß Seereisen verzichtet, gäbe es heute noch Inkas und so weiter – okay, auf Kaffee und Tomaten, ja, na gut, auch auf Kartoffeln hätte man vorerst verzichten müssen, aber die wichtigsten Grundnahrungsmittel wie Rieslingschorle und Mett waren doch europäischen Ursprungs, und dass der erste Handkäse mit einer Galeere aus Yucatan eingeführt worden wäre, hielt Lardo für ein Gerücht. Also, er hätte auf alle gefahrvollen Entdeckungsreisen gerne verzichtet und die Indios ihren eigenen Terrorsystemen überlassen. – Mit so einer Einstellung macht man natürlich keine Weltpolitik, weshalb Bärbel klug gehandelt hatte, den Lardo in seiner Ansicht zu bestärken.

Kaum war Battista in den Kreis seiner Vertrauten zurückgekehrt, hatte er eine ungeheure Verantwortung verspürt. Auf die zahlreichen, wie immer gleichzeitig vorgebrachten Wünsche und Forderungen und all die unstillbaren Bedürfnisse, als er seinen social club zum ersten Mal wieder betrat, reagierte er wie stets mit Gleichmut, mehr noch, mit dieser Ruhe der Freundlichkeit, die große Sozialarbeiter seit jeher auszeichnet. Mehrfach verhinderte er eine Eskalation, sammelte Stimmen und Meinungen, befragte die in toto verdächtige Bewohnerschaft nach ihren Erfahrungen und Hoffnungen. Den Vorschlag des bereits genannten Manfred Beuscherl, doch „ääfach des blääde Rathaus oozuzinne" gelang es Battista dahingehend abzumildern, dass man doch immerhin noch einmal das Gespräch miteinander suchen solle, seinetwegen auch direkt vor Ort und mit entsprechender Drohkulisse.

Seit dem frühen Morgen nun fährt Brancusi zahlreiche Personen, die der ÖPNV als „mobilitätseingeschränkt" klassifiziert, in seinem Privat-Pkw aus ihren vernarbten Behausungen ins Stadtzentrum, ein ermunterndes Wort auf den Lippen, von allen Seiten beansprucht und wie stets nebenbei telefonierend. Doch eine leise Sorge überrieselt ihn in Abständen, nicht unbedingt dem „gewalttätigen Potenzial der Masse" geltend, dafür sind die meisten seiner Schützlinge schlicht zu malade; vielmehr könnte es wiederum zu Überreaktionen der „Exekutive" kommen, dies sozusagen im Wortsinn. An Provokationen wird es nicht fehlen, und falls einmal mehr auswärtige Kräfte hinzugezogen werden, wer weiß, da hätte man im Nu eine Panik ausgelöst.

Mit seiner letzten Fuhre – einem Schwerbehinderten, der sich tagtäglich, rückwärts rollend, angestoßen von seinem verbliebenen rechten Fuß, vom Bamberger Platz zum gut einen Kilometer entfernten Supermarkt ruckhaft fortbewegt; einer Vereinsamten, die inmitten von Büchern aus ihren Vorleben, einem Schützengraben gleich im Flur aufgeschichtet, ihre Tage fristet, und einem ehemaligen Fremdenlegionär, der sich seit Jahrzehnten vor den vermeintlichen Häschern versteckt hält – parkt Brancusi so nah wie möglich am Rathausplatz, wo eine überdimensionale Bühne samt Mikrofon-Anlage seitlich errichtet wurde.

Für die wenigen, denen Redezeit eingeräumt wird, gestaltet es sich schwierig, den Faden nicht zu verlieren, denn in unregelmäßigen Abständen treffen immer neue Wandergruppen ein und werden von bereits Anwesenden gefeiert und willkommen geheißen. Das erste Wort gebührt Käthe Schlickenrieder als Vertreterin der Hauptbetroffenen; ungeübt in der freien Rede vor Publikum, liegt ihre Stärke weniger auf dem Gebiet der geschliffenen Rhetorik als im rhythmischen Aufpeitschen der Menge. Ihr wiederholt ins Mikro gebrülltes „Här, so geht des net!" erlangt in sozialen Netzwerken bald Kultstatus.

Es werden T-Shirts mit dem Slogan gedruckt.

Dann folgen kurze Stellungnahmen von Sebastian Damaskus, dem langjährigen Präsidenten eines Männerübernachtungsheims, von Werner Mutzenbacher natürlich und von der neu eingeführten Dezernentin Bettina Brücklein. Den Conferencier gibt Dr. Paul Bonaventura, der nun überleitet zum Hauptredner: Sandro Kirchberger, einem Profi vom Beratungskonzern McKinsey, spezialisiert auf den Umgang mit „potentiellen Empörer-Gruppen." Der Mittzwanziger, vom Aussehen her einem erfolgreichen Tennisspieler ähnelnd, darin geschult, in der Konfrontation mit den Minderbemittelten den richtigen Ton zu treffen, sprich mit allen, die nicht BWL studiert haben, joint die Unzufriedenen mit Wucht, sprich er schleimt sie so lange voll, bis sie ihren Widerstand aufgeben.

Geben sie aber nicht.

Schon seine joviale Einlassung „Liebe Leute", die er in einem solchen Kontext für angebracht hält, zieht erste Protestrufe nach sich: „Wer issen des?" – „Wer issen hier lieb?" – „Bischt du noch ganz klor im Kobb, du Waschtel?" – „Wo habbe se'n den ausgegrabe?" Auch Kirchbergers Einfall, die Maslow'sche Bedürfnis-Pyramide in Anwendung bringend, eingeschweißte Brezeln ans Volk zu verteilen, entfacht zunächst wenig Begeisterung. Kaum leitet der leger, doch stilvoll gekleidete Experte seine Charmeoffensive ein und begrüßt die „von weither Angereisten" mit einer „Geste des Willkommenseins", also den Brezeln, fliegt ihm die erste Packung vor den Latz, gefolgt von Dutzenden weiteren, die auf dem Podium einschlagen.

Nach mehreren lautstark herausgerufenen Einzelbeiträgen wie: „Mir lassen uns net kaafe!" oder: „Fresst Eier Brezel selber!" einigt man sich auf den Sprechchor: „Wir – lassen – uns – nicht – ab-spei-sen ...!" Kirchberger hat es schwer; es bleibt ihm, um überhaupt noch gehört zu werden, eine einzige Volte, die er selten, tatsächlich so gut wie nie in Anwendung bringt: Ehrlichkeit. „Leute, ich kann Eure Aufregung ja verstehen ..." – („Kannste net!" – „Heer uff, uns zu duze!") „Aber ich darf Euch in aller Form mitteilen, was mir soeben von der Stadtspitze ... äh mitgeteilt worden ist." („Was werden des schun soi?" – „Der liicht doch, wonner's Maul uffmacht!") Dass die verschiedenen Punkte, die kurz vorher schon Mutzenbacher genannt hat, vor allem überfällige Sanierungsmaßnahmen betreffend, nur von ihm wiederholt werden, muss den seit Jahrzehnten Enttäuschten wie simple Versprechungen vorkommen.

„Pack dei Zeich und geh hääm in dei Villa!", bekommt der Redner zu hören. Oder: „Des hän mir schun dausendmal geheert!"

Ein Ordner, der Übergriffe fürchtet, zieht Sandro Kirchberger vom Mikrophon zurück. Nach einer kurzen Besprechung auf dem Podium erfolgt – nichts mehr. Noch eine gute Viertelstunde erschallt der Rathausplatz von Sprechchören und improvisierten Gesängen, dann ergeht es der Bewegung wie schon manch einer zuvor: Es wird anstrengend, die Wiederholung des immer Gleichen zehrt an den Nerven, der Durst wächst. Und so zerstreut sich denn, teils siegessicher, teils ratlos, teils weidlich enttäuscht die Massenveranstaltung in die umliegenden Quartiere.

Indessen die Aktivistinnen der Hochschule sich mit dem Schattentheater vereinen und erst einmal ein Fläschchen Sekt zur Stärkung aufreißen, zieht die Gruppe Beuscherl wie versprengte Westgoten noch eine Weile die Bismarckstraße hinauf, hinunter, ohne sich einigen zu können, ob so eine kleine Plünderung den Forderungen nicht noch mehr Nachdruck verleihen könnte. Bis auf ein paar Handyläden und Ein-Euro-Shops sowie eine brotlose Bäckerei gibt es allerdings gar nichts zu plündern, so dass gesetzeswidrige Handlungen unterbleiben.

Für die meisten Beteiligten aus dem Hemshof und aus Friesenheim steht der Besuch des Maffenbeier zwingend logisch auf dem Anschluss-Programm. Tapfer hat Lardo dort ausgehalten und mit ein paar Veteranen die trefflichsten Strategien zur Neuordnung der Gesellschaft diskutiert. – Am längsten bleiben die Akteure und Aktricen der Freien Träger vor Ort; es hat den Anschein, dass sie sich nur schwer lösen können, was höchst verständlich ist, eingedenk der Tatsache, dass sie so viel vitales Bürger-Engagement allzu lange nicht erleben durften.

Und wer weiß, ob je wieder ...

Als die letzten Spuren der geschichtsträchtigen Versammlung von der Stadtreinigung beseitigt sind, endet auch der Fahrdienst des Battista Brancusi. Mehrmals hat er zuvor Vereinzelte beschwichtigt, die durch Zwischenrufe ums Haar einen vorzeitigen Abbruch herbeigeführt hätten. Dies wiederum trug ihm Vorwürfe ein sowie die nicht ohne Aggressivität geäußerte Nachfrage: „Uff weller Seit stehst en du eichentlich, här?“ – Da Brancusi seinen Ford nun endlich Richtung Zentrale steuert, ist er mit sich selber uneins, wie der heutige Vormittag zu bewerten sei; trotz der offensichtlichen Niederlage des Sandro Kirchberger hatte der mit der Befriedung des

Volkszorns beauftragte Hochbezahlte doch auf lange Sicht gewonnen: Es wurde nichts Handfestes verlautbart; nichts, worauf man pochen könnte; keine Konkretion, kein Datum, keine Aussicht auf einen Baubeginn.

Es steht also nach wie vor unentschieden, bestenfalls.

Viele, die im Kampf gegen die Menschlichkeit eingesetzt sind, werden in speziellen Fragetechniken geschult, ob es sich nun um Geheimdienstler, Manipulationsstrategen der Konzerne oder andere Kriminelle handelt; mit perfiden und bestialischen Mitteln gelangt man an Informationen, die auf faire Weise niemals herauszubekommen wären. Einigermaßen aufgeklärte Herrscher, sobald sie an die Macht kommen, nutzen seit jeher das Mittel der sofortigen Exekution derartiger Quälgeister, damit das Volk sie liebe. Ein paar besonders begabte Schnüffler und Folterknechte, hält man sich für den Eigenbedarf meist zurück, denn man weiß ja nie, wann die neue Herrschaftsform in Terror umschlägt, und dann ist man auf die Dienste jener Irrläufer der Gattung wieder angewiesen.

Marianne Wessa hat solche Methoden nicht nötig.

Beredsamer Nachdruck und nimmermüde Beharrlichkeit genügen ihr vollauf, um Mitmenschen so weit zu bringen, dass sie Dinge verraten, Ausnahmen machen, von Prinzipien absehen, nur um endlich wieder ihre Ruhe zu haben. Schon am zweiten Tag der Gefangenschaft war es ihr gelungen, gewisse Vergünstigungen zu erzielen, etwa den Hofgang. Sie erjammerte, ermotzte, ermeckerte sich eine Ausnahme nach der anderen, ursprünglich nicht vorgesehen im von Helge mit Akribie ausgeklügelten Bewachungsplan. Eine weitere Technik stand ihr zu Gebote, die sonst nur von Hochqualifizierten beherrscht wird, nämlich kaum dass ein Schritt getan ist, den nächsten umgehend einzufordern. So etwa beim ersten Mal, als sie nach anderthalb Tagen wieder an die frische Luft kam, und Randy doch so etwas wie Dankbarkeit zu erwarten schien, er griente nämlich wie ein Spießer, der sich bei einer Uneigennützigkeit ertappt. Doch die Reaktion fiel ungemein spröde aus: „Un wo is die Bank? Irchendwo muss ich ja sitze."

Man sollte nicht meinen, Frau Wessa habe sich mit den Umständen arrangiert; die Tatsache, in weit vorgerücktem Alter noch entführt zu werden, empfindet sie nach wie vor als himmelschreiend. Dennoch, eine gewisse Anpassungsfähigkeit hat sie schon immer ausgezeichnet, daneben der unbändige Wille, sich zu alterieren und „zu schänne." Ziel dieser überdies von allen Nachbarinnen gepflegten wirksam druckableitenden Alltagsaggression ist derzeit kein anderer als der im Grunde gutmütige Randy – im Gegensatz zu dem von Sturheit gebrandmarkten Branko ein willfähriges Opfer. Marianne behandelt Randy wie einen missratenen Enkel, den man durch ausreichend scharf vorgebrachte Kommandos und unablässige Mitteilung von Lebensmaximen nach und nach von der schiefen Bahn wieder abbringen wird.

„Wart nur mol ab, bis du Famillje hascht!"

„Ich hab doch schun zwää Kinner ..."

„Donn wärscht mol seje", ignoriert sie gewohnheitsmäßig jede Korrektur ihrer Äußerungen, „was sich donn all ännert!"

Längst hat Frau Wessa in Erfahrung gebracht, dass sie für keine Schuld büßt, die ihr Kurt etwa auf sich geladen hätte; unter Zagen und Zaudern gestand Randy, was tatsächlich geplant sei ... und weshalb man kein anderes Mittel gesehen habe – was ihm persönlich außerordentlich leid tue. Marianne dachte an Kurts ehemalige Claudi, und wie gern und mit welcher Gelassenheit er vermutlich die weitere Entwicklung abgewartet hätte ... Aber doch nicht bei seiner Mutter! Manche Träne stieg ihr des Nachts in die Augen, wenn sie daran dachte, welche Sorgen er sich um sie machen müsse. Wieder und wieder versuchte sie Randy umzustimmen, Kurti doch wenigstens eine winzige Nachricht zukommen zu lassen, dass sie noch am Leben sei und es überdies zu bleiben gedenke.

Doch da blieb er hart.

Bei alledem nahm sie gesundheitlich zunächst keinen Schaden. Es ging ihr sogar recht gut; der Tagesablauf war reguliert, für Abwechslung gesorgt, und die „zwää Baraber" hatte sie in der Hand. Bis auf die Freiheit stand ihr alles offen – und auch die würde schon bald sich eröffnen lassen, so hoffte sie. Ihre Hofgänge nutzte Mutter Wessa nämlich nicht, um stupide auf diesen mit einem Brett überdeckten zwei Kisten, die eine Bank vorstellen sollten, herumzuhocken. Schon bei der zweiten „Lüftung" hatte sie sich an einem rückwärtigen Tor zu schaffen gemacht, das mit Gartendraht versehen war. Es bedeutete große Mühe und tat auch ordentlich an den Fingern weh, die Drahtschlingen nach und nach aufzudrehen ... und wieder so einzuhaken, dass hoffentlich nichts auffiel. Auf diese Weise hatte sie eine Betätigung, sinnvoller als Kreuzworträtsel. Und danach konnte sie immer schnell einschlafen, vor Ermattung.

Angst vor Entdeckung hatte sie kaum, denn Randy – seltener Branko – musste sich jedes Mal durchs Treppenhaus vorarbeiten, und das hörte man, der Mülltonnen wegen. Bis auf einmal: Da stand sie dicht am Tor, als sie auf einmal Randys ironischen Ausruf: „Toller Ausblick, was?" vernahm. Erschrocken klammerte sie sich fest, reagierte aber geistesgegenwärtig: „Ja, ganz wunderbar ... Vor allem die Wiese un die Wälder."

Dabei starrte man auf eine Garagenwand.

Auch heute, am Entscheidungstag, wie sie längst aus dem Randy herausgeschwatzt hat, verbringt sie ihre Ausgehstunde im Hof. Anfangs kommt Marianne so gut wie gar nicht voran, wieder und wieder muss sie verschnaufen – so hat die selbstgebastelte „Ausruhbank“ wenigstens einen Sinn. Dann geht es plötzlich wie von selbst, und die das Tor sichernden Verstrebungen klappen mit einmal Mal zur Seite. Hastig will sie den Zaun wieder vervollständigen, zumindest notdürftig, da vernimmt sie Motorengeräusche. Kommen die zwei schon zurück, oder fahren sie erst weg? Nein, eindeutig, im Treppenhaus klappert's schon: das Zeichen. Beim Versuch, das Rauten-Gitter wieder nach oben zu biegen, verhakt es sich unentwirrbar.

Als Mutter Wessa feststellt, dass es keinen Sinn mehr hat, lässt sie ihr Werk unvollendet. Aufschnaufend wendet sie sich um. Was sie sagen soll, wenn gleich das Hoftor aufgestoßen werden wird, weiß sie noch nicht. Es hat ja sowieso keinen Zweck mehr.

Aber sie hat alles versucht.

III. RETTER

In Nächten wie diesen ...

Welche Funktionen die Pfalzkellerei gemeinhin übernimmt. – Was für fabelhafte Weine im Geheimarchiv lagern. – Wie der Kurt im Kleinlaster eingequetscht wird und welche Sorgen er sich sonst noch macht. – Wie begründet diese Sorgen sind, als etwas ganz Wichtiges nicht mehr auftaucht. – Wie sich der Lardo selbst beruhigt und dabei von Krummen Hunden und Rieslingschorle unterstützt wird. – Was während des Raubzugs geschieht, hier aber nicht stehen darf, weil es sonst nicht mehr spannend wäre. – Woraus Mutter Wessa noch einmal Hoffnung schöpft. – Wozu sich die Bärbel entschließt, ganz im Gegenteil zum Lardo. – Wie sich die Einbrecher fernerhin verhalten und was das mit dem Kurt zu tun hat.

Zärtlichkeit, Leidenschaft, Hingabe, dem Wahnsinn zugeneigte Anbetung sind keine Gefühlsqualitäten, die man auf Anhieb Holzfacharbeitern zuschreibt, ebenso wenig disziplinierten Angestellten einer Großfirma. Nun, wie bei jedem Lust-Spiel kommt es auf das Thema an, auf Zeit und Örtlichkeit; nehmen wir etwa die Stunde nach Feierabend, je nach Schicht auf unterschiedliche Tageszeiten fallend, so können wir alle Vorurteile sogleich korrigieren. Der Ort ist ihm festgelegt: die Pfalzkellerei in der Veilchenduftstraße! Selbst wortkarge Arbeiter, aufgewachsen sagen wir in Limburgerhof, die auf die Frage der traditionellen Rollenmuster verpflichteten Gattin, was es zum Abendessen geben dürfe, bestenfalls

„Flääsch!“ bellen, zeigen an dieser Stätte Gemütsregungen, ja, sie entwickeln kulinarische Fantasie und wählen zur italienischen Nudelsoße („Mit Hackflääsch!“) stilsicher einen Valpolicella.

Doch auch jüngste Holzkäferinnen, weder durch Wortkargheit noch raues Verhalten auffällig geworden, ganz im Gegenteil, verschließen sich nicht dem Zauber dieses Ortes, wenn sie auf dem Weg zum Rendezvous rasch noch einen Secco aus dem Regal fingern. Alle Holzkäfer, vom Top-Manager bis hinauf zur Küchenhilfe, verfallen je und je dem suggestiven Charme der Pfalzkellerei, was nicht zuletzt darin liegt, dass sich das imposante Gebäude in nächster Nähe zum HoWoGe-Gelände befindet. Bereits zu Beginn des 20. Jahrhunderts von einem Freiherrn von Heiligenharfen installiert, verbreitet die Einrichtung Glück und Segen in verschwenderischem Umfang für Zeitgenossen aller Schichten und Herkünfte.

Für Eingeweihte ist dies kein schnöder Weinladen; wenn sie, befeuert von Genussvisionen aller Art, in die Verkaufsräume strömen, sehen sie durchaus keine Abteilungen mit Weinregalen vor sich, nein, es sind schimmernde Buchten, in die sie auf den Yachten ihrer Sinnesfreude hineingleiten – Italien, Malta, Griechenland, Iberien, die französische Küste natürlich ... und weiter, ins Landesinnere hinein. Auf diese Weise kommt sogar die von allen geliebte Pfalz zu einem Meer, denn der umfangreichste dieser Häfen zeigt sich mit den reflektierenden Wogen des heimischen Weines, verlässlich abgefüllt in gut ein Dutzend Grünglastöne, bestückt.

Wahrhaftig, die Aussicht ist spektakulär: vom kernigen Liter für unter fünf Euro über das breit gefächerte Mittelsegment bis zu den Großen und Größten: Eiswein aus ältesten Jahrgängen, exklusive Bordeaux, Burgunder aus Burgund, Super Tuscans und Champagner natürlich, komplettiert von Cognac und Armagnac, Rum und Whisky, Edelbränden und Gin ... Doch das alles – nicht der Sauternes zu 90, nicht der Edel-Champagner zu 160, ja nicht einmal die Rives-Gauche-Cuvée für knapp 450 Euro – befriedigt die Passion der Auftraggeber jener Schufte, die Kurt Wessa in die ärgste Bredouille seines Lebens gebracht haben.

Für jene beginnt es interessant zu werden, wenn nur noch „Preis auf Anfrage" zu lesen steht, wenn berühmte Häuser wie Châteaux Mouton-Rothschild, Haut-Brion, La Tache oder Château Latour die Etiketten zieren. Und auch das genügt ihnen nicht, immer noch nicht! Denn die Sehnsucht des Connaisseurs, desjenigen mit unbegrenztem Kapital zumal, steigt immer höher hinauf, je höher man bereits hinaufgestiegen ist, und es wird zur Sucht, vor allem vor Gleichgesinnten mit immer ausgefalleneren Beutestücken zu prunken. Der Markt für derart hochspezialisierte Sucher ist global, das Angebot naturgemäß rar ... und die Furcht vor Fälschung und Übervorteilung allgemein.

Da erfreuen sich jene vermeintlich „sicheren Horte" wie manche uralten Traditionsweingüter oder Drei-Sterne-Restaurants, wo die Verantwortung ans Fachpersonal delegiert werden kann, höchster Beliebtheit. Auch renommierte Weinhandelshäuser wie die Pfalzkellerei bürgen für Exklusivität, Qualität – und eben Echtheit. Das Archiv – niemand von außen könnte mit Sicherheit sagen, ob es überhaupt existiert – beinhaltet weit mehr als die kühnsten Träume egomanischer Superreicher; wie bei allen großen Sammlungen, ob von Skulpturen, Gemälden, Handschriften, kondensiert darin Kultur. Die Arbeit und die Findigkeit von Ungezählten, die seit über zwei Jahrtausenden, in mancher Weltregion noch viel länger, Wein anpflanzen, pflegen, lesen und immer besser machen, findet ihren erhabenen Niederschlag in solchen Weinweihestätten.

Doch nicht nur das.

Wer vor einigen Jahren dabei gewesen ist, viele werden es nicht sein, der Eintritt kostete 100.000 Euro, als Château d'Yquem zu einer zweieinhalb Tage währenden Vertikalverkostung nebst circa 36-gängigem Menü lud, wird sich vor allem an einen Moment erinnern können. Während im prunkvoll geschmückten und beleuchteten Festsaal von Anfang an ein Stimmengewirr herrschte, das den Anlass konterkarierte, einige gar ihr Entzücken über Wein und Speise durch dieses ständige Gebrüll stark beeinträchtigt sahen, wurde es auf einmal still, so still, dass einem Angst werden konnte. Was war geschehen, ein Überfall? In der Tat, doch der war schon ein bisschen her. Ehrfurchtsvoll flüsterte es durch die Reihen, denn der Anlass war: „1789 – vous comprenez?" Kurz darauf, nachdem der Original-Revolutionswein eingeschenkt war, erhoben sich sämtliche Gäste und sangen mit allem zur Verfügung stehenden Pathos die Marseillaise, ungeachtet der Tatsache, dass so gut wie alle Versammelten seinerzeit an der Laterne oder unter der Guillotine gelandet wären. Nun, keine zehn Sekunden später widmete man sich ohnehin wieder der Kunst der unaufhörlichen Plauderei.

Ja, auch ein solcher Wein befindet sich im Geheim-Archiv, gleich in mehrfacher Ausfertigung. Welche Kostbarkeit! Doch seine Nachbarn bezeugen nicht weniger französische, französisch-deutsche, gesamt-europäische Geschichte. Da wären zwei Richebourgs aus den Jahren 1914 und 1918, Anfang und Ende der Agonie der Alten Welt markierend; ganze Kisten mit Burgundern, von deutschen Besatzern geklaut und von Resistance-Mitarbeitern wieder zurückorganisiert, lagern wohltemperiert und unerschüttert; große Rote ruhen majestätisch, aus Victor Hugos Geburts- und aus Goethes Sterbejahr sowie aus allen sonstigen für die Geistesgeschichte relevanten Jahrgängen seit Hans Jakob Christoffel von Grimmelshausens seligem Dahinscheiden. Wer auch immer Großmutter oder Großvater sein eigen nennt, geboren in einem vorzüglichen Weinjahr des 20. Jahrhunderts, würde hier fündig werden, um zum 90. oder 100. Geburtstag etwas Angemessenes aufzutischen.

Wird er aber nicht.

Denn das Archiv ist unzugänglich, wird gehegt und behütet und hat nie geöffnet – so gut wie nie. Bis auf die geheiligten Momente, wenn einzelne Weine geprüft und darum mit Übervorsicht entkorkt, beschnüffelt und verkostet, aufgefüllt mit ebenfalls historischem Material und neuverkorkt werden, empfangen die erlauchten Zeitzeugen nur selten Besuch. Ein rundes Firmenjubiläum vielleicht, ein Ehrengeschenk für herausragende Leistungen oder für einen berühmten Gast, mehr Wechsel im Bestand gibt es nicht ... es sei denn, den Beauftragten gelingt eine Erwerbung auf einer Auktion oder anlässlich der Kellerauflösung eines verstorbenen Sammlers, dann wird ein neues Mitglied in den solennen Zirkel aufgenommen und an den vorgesehenen Platz gebettet.

Obwohl, wie angedeutet, Weine aus besten und geschichtsträchtigen Jahrgängen nur in Einzelfällen auf dem freien Markt angeboten werden, kommt es doch verhältnismäßig selten zu Diebstählen in größerem Umfang. Ob das nun darauf zurückzuführen ist, dass Weinliebhaber per se ein feineres Empfinden für Schicklichkeit und Bonhomie besitzen, wer vermag das zu belegen? Womöglich verhält es sich einfach so, dass jene Schatztruhen, allzu gut geschützt und vor der Welt verborgen, nur mit erheblichem Aufwand zu stibitzen wären, und wer geht das Risiko schon ein, die soeben unter Mühen widerrechtlich erworbenen Kreszenzen – nicht trinken zu dürfen, da man sich auf geraume Zeit in Gewahrsam befindet und auch nach Ablauf der Haftstrafe vermutlich nicht mit einem guten Schluck Pétrus von 1926 am Tor der Justizvollzugsanstalt begrüßt werden wird.

Kurt hasst die Enge. Ganz im Gegensatz zur freiwillig beschränkten Lebensführung, ist es ihm schon immer zuwider, wenn man ihm auf den Leib rückt, ihn körperlich bedrängt. Als Kind hielt man ihn für aggressiv, für ein Problemkind gar, wenn er im Kindergarten bei gewissen Mitmachspielen aufkrähte und sich der Umklammerung durch die stets und von allem begeisterten Kameraden entwand. Schlimmer noch empfand er die zäh sich dehnenden Stunden der Anprobe, wenn er, umwölkt vom Lavendelduft der Großmutter und den Veilchen-, Ambra- und sonstigen Gerüchen der Großtanten, auf einem Podest stand und die Ärmchen strecken musste ... um dass die hässlichen Karohemden und Cordhosen der älteren Cousins auf ihn umgearbeitet werden würden: mit Stecknadeln, die bei jeder Bewegung piekten.

Jetzt aber, im Kleinlaster, in der Mitte hockend zwischen Randy und Branko, sehnt er sich geradezu nach diesen frühkindlichen Erfahrungen der Beengung. Wie kann ein Mensch nur so gequält werden! Nervlich ohnehin zugrunde gerichtet durch die Aufregungen der letzten Tage, zu wenig getrunken, fast nichts gegessen, durchgeschockelt und an der Grenze zur Übelkeit – und dann noch dieser Zigarettenqualm! Helge am Lenkrad raucht eine nach der anderen, die Fenster aber bleiben geschlossen, und Kurt hat nur einen Gedanken: Wenn er sich schon übergeben muss, dann wenigstens in den Schoß eines der Sitznachbarn.

Oder besser noch in den Nacken des Fahrers.

„Kammer vielleicht wenichstens ä Fenster …?“

„Das musste ab“, ist Randys knappe Reaktion. Boshaft schiebt er hinterher: „Keine Angst. Wenn alles glatt läuft, siehste deine Mami schon bald wieder.“

Das hat Kurt schon einmal gehört.

Einen Moment lang überlegt er, ob er dem Misthund seinen Ellenbogen in die Rippen rammen soll, doch er unterlässt es: Die Folgen wären doch beträchtlich, und eine gebrochene Nase zu allem Elend noch dazu kann er sich wirklich sparen. Ab und zu versucht er sich zu orientieren und äugt in die von Straßenlaternen und Werbetafeln durchfaserte Dunkelheit. Eben vermeinte er die Gewerbeparkausläufer Oggersheims entdeckt zu haben, dann die saurierartig aufgereckten Wohntürme der Froschlache, jetzt wohl die Brunckstraße. Es kann nicht mehr lange dauern.

Das peinigende Gefühl im Magen nimmt zu; es besteht aus Angst. Ganz ähnlich hat es sich früher angefühlt, wenn er ohne gelernt zu haben zur Schule gekrochen ist – oder vor Spielen vom FCK, wenn alles von einem Sieg abhing. Augenblicklich wird es schlimmer, denn es besteht gar keine Aussicht, dass das hier gut ausgeht. Sogar gegen den FC Bayern kann man in der Nachspielzeit einen Freistoß verwandeln – aber heute? Durch die Reaktivierung der Alarmanlage hat er sich alles verbaut. Ungläubig werden ihn die Typen anstarren – und sofort erledigen. Er sieht es vor sich, wie die zwei neben ihm ihn festhalten und der Fahrer ein Messer in seinen Leib schiebt. Unter Qualen wird er auf die Straße niedersacken und verbluten. Wie lange dauert so etwas? Und seine Mutter? Verschmachtet dann in irgendeinem Keller?

Entsetzlich!

„Hey, jetzt mal langsam", hält ihn Randy an der Schulter fest. „Nicht kollabieren, ja? Wir brauchen dich noch."

Kurz darauf biegt der Laster ab, setzt nach vorn, zurück, bleibt stehen. Helge öffnet die Fahrertür. Sondiert das Gelände. Kommt wieder. Nickt. Branko greift Kurt um den Bizeps.

„Kein Scheiß, ja?"

Wessa taumelt auf den Parkplatz, wackelt ein paar Schritte in die falsche Richtung, wird derb zurückgehalten.

„Schön hiergeblieben, ja?"

Da bemerkt er erst, dass er direkt davor steht: die Pfalzkellerei, sein Arbeitsplatz seit so vielen Jahren ... doch nie zuvor zu solcher Unzeit aufgesucht. Die Entscheidung, was er tun soll, wird ihm sogleich abgenommen. Denn Helge hält direkt auf ihn zu, nähert sich ihm unwiderstehlich, kommt immer dichter. Sein Gesicht ist so nah vor dem seinen, Kurt kann den kalten Tabak riechen.

„So, mein Herr: Simsalabim!"

Kurt grunzt verächtlich. Schaut an Helge vorbei auf das Rolltor. Wo hat er den Schlüssel? Die Chipkarte? Keine Ahnung!

„Jetzt mach mal", schiebt sich Branko von hinten heran. „Das muss zack-zack gehen, verstehste?"

„Zack-zack, na klar", murmelt Wessa. Und greift in seine Innentasche. Die ist leer. Zwischen Branko und Helge blickt er hin und her wie gewisse Comicfiguren in Trickfilmen, kurz bevor die Dynamitstange explodiert. Die Chipkarte ... der Schlüssel ... Eben hat er sie noch gehabt. Unwillkürlich setzt

Kurt ein Grinsen auf, kein amüsiertes, durchaus nicht, eher geprägt von kosmischer Ratlosigkeit.

Lardo bleibt optimistisch. Einen konkreten Anlass für seine Zuversicht wüsste er vermutlich selbst nicht zu nennen, es liegt am – Stand. Am Zwischenstand, also zwischen der fünften und siebten Schorle überkommt ihn seit Jugendtagen so ein Wohlgefühl, eine Grundsicherheit und Überzeugung, dass alles auf Erden prima eingerichtet sei, auf das bestmögliche Ziel zulaufe, und das Wenige, das noch einer Korrektur bedürfe, in Kürze ebenfalls eine optimale Entwicklung nehmen werde; für solche Fälle benutzt Lardo den Pfälzer Superlativ „am optimalschte." Sowohl im Makro- als auch im Mikrobereich, so sichert er der Bärbel, die zusehends genervt reagiert, von Zeit zu Zeit zu, werden sich die Dinge klären, sprich der Bamberger Platz werde abgerissen und durch ästhetisch ansprechende Neubauten ersetzt, und der Kurt säße wieder glücklich und zufrieden an Tisch 5 und tränke – Schorle halt.

„Du spinnst doch."

Aber der Lardo lässt sich nicht abbringen von seinen Positivprognosen. Als Beweis Nr. 1 führt er an, dass sich der Kurt noch immer am Ausgangsort befinde, also sein Handy, das sei eindeutig zu belegen und entspreche den Daten, die er vorher eruiert habe. Nicht ohne Stolz verkündete der Lardo schon am Vormittag, wie es ihm gelungen sei, die Ortung zu aktivieren, auf mehr oder weniger halblegalem Wege, versteht sich, sprich er könne eigentlich alle, und zwar wirklich alle jederzeit und überall ausfindig machen, sofern sie ein Handy bei sich trügen. Denn man hat ja seine Kontakte, und „gut vernetzt heißt nie gehetzt" oder wie man früher gesagt hätte: „Ein Vetter im Rat macht fünf zu grad."

Bärbel gähnt in ihren Ärmel.

„Und wenn nur sein Handy noch daliegt und der Kurt ... längst woanders ... also daliegt“, wirft sie ein und muss einer Kollegin ausweichen, die mit vier Schnitzeln an, aber auch unter, neben und auf Bratkartoffeln an ihr vorbeibalanciert.

„Quatsch.“

„Wie Quatsch?“

Und dann winkt der Lardo die Bärbel heran, so in dieser Art, die sie nicht leiden kann, weil er das nur macht, wenn schon die sechste Schorle wirkt. Konspirativ wispert er: „Weil ich's wääß.“

Das Dubbeglas mit der Maffenbeier-Prägung im Anschlag, lehnt sich der Lardo zurück und ist dankbar, so unendlich dankbar, dass er genau diesen Posten bekommen hat, auf dem er am besten ist: abwarten; aus der Tiefe des Raumes kommen; vorstoßen zum geeigneten Zeitpunkt; geschickt im Hintergrund die Fäden ziehen ... Dabei ist er noch dankbarer, nicht Kurt zu sein. Nein, das würde er ja gar nicht aushalten, für solche Aufregungen ist er einfach nicht geschaffen. Der gewalttätige Übergriff in seiner Wohnung hat genügt – für Jahre! Um die Zeit, bis alles wieder in der Reihe ist, zu überbrücken, fingert der Lardo einen krummen Hund aus der Tasche. Da experimentieren die Leute mit den teuersten Dingen, in Fachmagazinen für Genießer sind ganze Testreihen erschienen, welche Zigarre mit welchem Cognac wohl am besten harmoniere ... Dabei hat man es doch ganz einfach: Krummer Hund mit Rieslingschorle, schon wäre die Idealkombination gefunden.

Lardo schlägt den „Flurboten“ auf und liest zur Beruhigung, beleuchtet mit seiner Handytaschenlampe:

Pälser Weltbild

Un seller weller hot merr gsaat,
Es däät noch weidergehe:
Do hinnerm Rhoi wär noch en Staat,
Bloß kennt merr den net sehe.
Du spinnscht, mein Liewer, hab ich gsaat,
Du bischt wohl'n ganz Gescheider;
Guck uff den onnern Seite, die Haardt:
Do geht's doch aa net weider!

Un seller weller määnt, 's kennt soi,
Merr kennt was onners saufe
Wie Rieslingschorle odder Woi,
Halt onnern Zeich wie Drauwe.
Do hab ich awwer groß geguckt
Un wollt en erscht verklobbe;
Dann hab ich em ins Aag gespuckt –
Ich loss mich doch net fobbe!

Un seller weller (wie beknackt!)
Wollt mir mol ebbes zeiche:
Do gäb's aa Männer voller Takt
Un Weiwer, wo net kreiche;
Ich hab gemäänt, des kennt net gehn:
Merr muss sich doch mol wehre!
Wie sollt merr sich dann do verstehn
Un außerdem vermehre?

Eigentlich könnte Wessa jetzt aufgeben. Leute, tut mir leid, stecht mich von mir aus ab oder haut mir die Rübe runter, ich hab da etwas nicht bedacht, einen ganz blöden Fehler gemacht, tut mir leid, ich bin ein Esel ...

So in der Art könnte er beginnen, stattdessen reicht ihm Helge mit übertrieben höflicher Geste das Täschchen mit Schlüssel und Chipkarte. Es hatte auf dem Autositz gelegen, so einfach. Idiotisch, aber Kurt bedankt sich artig. Dann knipst er das Kästchen neben dem Rollgitter auf. Kurt hat den Eindruck, alles laufe automatisch ab von nun an, ohne sein Zutun, wie seit altersher geplant und beschlossen. Schicksal? Aber hallo! Den Schlüssel nach rechts und festhalten, bis das Tor nach oben geknirscht ist.

Kein Alarm?

Kurt wartet vergebens.

„Ja auf, rein da!“ Helge hat es jetzt eilig, greift nach einer Schubkarre, zieht die Kumpels mit und weist Wessa an, das Tor sofort wieder herunterzulassen. Durch das Lager, an hohen Gitterboxen vorbei, erhellt aus drei Taschenlampen, bewegen sie sich auf ihr Ziel zu. Kurt geht so langsam, als trüge er mehrere Kisten Wein übereinandergestapelt. Branko schubst ihn, aber das nützt nichts. Es ist still, keiner spricht, Helge studiert im Gehen noch einmal die Liste. Undeutlich glimmt in Kurts Erinnerung die Gestalt seines Sohnes auf, dann die seiner Mutter. Er versucht sich einzureden, jetzt sei die Stunde gekommen, Dankbarkeit zu empfinden für so viele Jahre Beisammensein. Doch tatsächlich setzt sich ein ganz anderes Gefühl durch, ein unvertrautes, doch in seiner Wirkung fundamentales: Todesangst.

Als sie vorm Archiv stehen, wohlverschlossen und wie von einem Bann umgeben, beginnt Randy zu ächzen. Nun, da es endlich losgehen kann, alle die Mühen der vergangenen Wochen zu Ende sind, Ludwigshafen schon weit weg rückt und

Rumäniens Schlösserwelt immer näher, überfällt ihn eine unbezähmbare Aufregung.

„Ruhich, Longer", knufft ihm Helge gegen die Brust. „Glei hoscht's gepackt."

Randy nickt und schaut rüber in Brankos ausdrucksloses Gesicht. Der hat's gut, denkt er, der merkt gar nichts, nie. Währenddessen fällt ihm auf, dass auch das Opfer zittert. Kurts Finger, die das Kärtchen fest umklammern, beben deutlich, als er die Vorrichtung betätigt. Zweimal schiebt er das Ding falsch herum ein – nichts passiert. Beim dritten Mal befindet sich der Magnetstreifen in der richtigen Position, es blinkt, und ein zischendes Geräusch ist zu vernehmen: die Tür ist entriegelt.

Hat sich Wessa getäuscht? Dass die Alarmanlage defekt ist, kann man wohl ausschließen. Wahrscheinlich hat er beim Reaktivieren etwas übersehen. Auch recht. Oder umso besser. Helge schnappt ihn am Arm und gibt ihm zu verstehen, dass er als Erster hinein soll. So, als würde man gleich in die Luft fliegen oder abgeschossen werden, sobald man den ersten Schritt tut ...

Kurt hält kurz inne, atmet vernehmlich aus und setzt den Fuß in die Dunkelheit.

Noch bevor die Weindiebe den Raum mit ihren Stabtaschenlampen erleuchten können, geschieht dies von selber: Es wird gleißend hell. Gleichzeitig dröhnt es in schnellem Rhythmus von allen Seiten. Warnlichter flammen auf, von oben hört man die Sirene. Die vier erstarren. Aber nur einen Augenblick lang. Ins Mark erschrocken, das muss er nicht einmal vorgaukeln, wendet sich Kurt um zu Helge. Das Einzige, was ihm einfällt, ist eine Lüge: „Dodefier kann ich jetz awwer nix."

Helge scheint anderer Meinung zu sein.

Als Marianne zu sich kommt, hat sie Mühe sich daran zu erinnern, wo sie sich gerade befindet. Zuerst bemerkt sie den üblen Geschmack im Mund, denn sie hat Durst. Dann fällt ihr nach und nach ein, was vorgefallen ist. Richtig, sie verharrte am Gartentürchen, es rumpelte im Treppenhaus, ihr läppischer Fluchtversuch war gescheitert. Sie stand da, mit gesenktem Kopf – wie ein Schulmädchen, das man beim Pausenbrotdiebstahl ertappt hat. Aber es kam nicht der zornige Lehrer, nicht einmal Randy oder Branko erschienen. Noch einmal schepperte es leise, dann ein Anlasser-Geräusch ... Marianne lauschte, konzentriert wie lange nicht. Kein Zweifel, das Auto entfernte sich. Bog um die Ecke. War nicht mehr zu hören. Natürlich konnte es immer noch sein, dass einer der Bewacher zurückgeblieben war, doch wer weiß, ob sich ihr noch einmal so eine Gelegenheit böte?

Unter Ächzen zwängte sich Mutter Wessa durch die Zaunlücke, zog das halb lahme rechte Bein nach – und war draußen. Erschöpft musste sie einen Augenblick innehalten. Wo war sie da herausgekommen? Die Garage hinterm Zaun war natürlich verschlossen. Aber daneben führte ein schmaler Weg zwischen Ligusterhecken hindurch. Erstaunlich zielstrebig und von der Tapferkeit des Unvermeidlichen angespornt, strebte sie den Pfad entlang, wischte das Gestrüpp zur Seite, musste aber immer wieder stehen bleiben, um Luft zu holen. Mensch, hätte sie doch bloß zehn Jahre weniger auf dem Buckel, sie wäre bestimmt schon vorgestern übers Dach geflohen, heim zu ihrem Kurti.

Immer wieder horchte sie nach hinten – doch es drangen nur die seit Tagen vertrauten Geräusche aus dem Gewerbegebiet an ihr Ohr. Endlos schien ihr der Gang, alle paar Schritte unterbrochen durch Garagentore, allesamt selbstverständlich verschlossen. Dann wieder dieses schwüle Grün. Die wuchernde Hecke. Eine Furcht stieg in der Seniorin empor: am Ende dieses Weges ... könnte eine Mauer oder abermals ein Garagentor ihre Flucht abrupt beenden. Sorgsam versuchte sie es bei jeder Klinke, doch keine ließ sich niederdrücken. Es war aussichtslos; welcher Autofahrer in Deutschland würde seine mehr als Haus, Hof und Familie geliebte Garage jemals unverschlossen lassen?

Einer, ein einziger!

Marianne konnte ihr Glück nicht glauben. Sanft, wie schwebend, öffnete sich vor ihr ein Tor und glitt nach oben. Bis auf ein paar Reifen, Regale, Plastiktüten und Getränkekästen war der Zweckbau leer. – Doch da hinten, auf der rückwärtigen Front, war es denn wirklich wahr? Da stand ein Türchen auf! Und dahinter erspähte sie Sonnenglast, Himmel, reflektierendes Gartengrün! Langsam, bereits reichlich mitgenommen von der Anstrengung, betrat Marianne Wessa den fremden Garten. Sie getraute sich nicht zu rufen, noch nicht. Hinter einem Stückchen Wiese machte sie eine Terrasse aus. Jetzt war ihr alles egal, sie musste sich ausruhen, so bald wie möglich. Ordentlich verschloss sie das Türchen, überquerte den Rasen und ließ sich auf einer orange-braun-gestreiften Hollywoodschaukel nieder.

Oh wie bequem!

Irgendwann wird schon jemand kommen, sinnierte sie im Wegdämmern, doch für den Augenblick fehlten ihr zu allem die Kräfte. Zu allem? Nicht ganz. Blinzelnd gewahrte sie eine Reihe Tomatenstauden in Tontöpfen, offensichtlich vor Kurzem gegossen, denn unter einigen waren Rinnsale auszumachen. Noch einmal quälte sich die Betagte empor, hangelte sich aus der Schaukel und schob sich zu den Pflanzen vor. Zwei sonnenwarme Tomaten löste sie ab, man will ja nicht unverschämt sein. Das Letzte, woran sie sich erinnert, ist dieser einerseits warme, fast heiße, andererseits so ungemein erfrischende, säurekräftige, lieblich-süße Saft, der ihr die Kehle hinunterrann.

„Nää, die sin net schlecht“, murmelte sie anerkennend.

Dann schloss sie zufrieden die Augen und schlief in der Sekunde ein. Und jetzt?

Nachdem sie ihre Flucht einigermaßen rekonstruiert hat, versucht Kurts Mutter Überblick zu gewinnen: Was muss sie als Erstes tun? Kann sie ins Innere des Hauses vordringen? Soll sie Hilfe herbeirufen? All diese Fragen und noch viele mehr verlieren augenblicklich an Aktualität, als sie feststellt, dass sie nicht mehr alleine auf der Hollywood-Schaukel sitzt. Ein Mann in mittleren Jahren, offensichtlich wenig erbaut von ihrer Handlungsweise, starrt sie an und schüttelt den Kopf: „Nicht zu glauben: Eine so betagte Dame und bei fremden Leuten einsteigen!“

„Hallo? Hallo!“ Solche Typen liebt Bärbel am allermeisten: die Winker und die Rufer, kaum dass sie sich hingesetzt haben, befeuert von dem einen Ziel, mit dieser tumben Hektik, die sie immerfort verspüren, möglichst viele Unbescholtene anzustecken. Andererseits, heute ausnahmsweise haben diese Leute sogar manchmal Recht; Bärbel ist so unkonzentriert, dass sie den Beilagen-Salat nicht von der Hausmacher-Platte unterscheiden kann. Aus der Küche kommen keine Vorwürfe, man kennt sich lange genug. Wenn sie schon mal Fehler macht, dann liegt etwas Gravierendes vor, und dann fragt man auch nicht nach, sondern korrigiert stillschweigend. Und wartet ab, bis alles wieder im Lot ist.

Im Umgang mit den Gästen hat Bärbel verschiedene Freundlichkeitsstufen entwickelt: bei den Aufdringlichen zündet sie Stufe zwei. Stufe eins ist Anschnauzen, da muss schon eine Unbotmäßigkeit vorgefallen sein. Bei zwei bleibt sie einfach in der Nähe des Tisches stehen, den Notizblock in der Hand – und blickt an den Leuten vorbei. Wenn die nicht reagieren, Pech gehabt. Dann gibt es wieder zwei Möglichkeiten: Sie wendet sich dem nächsten Tisch zu und kehrt für mindestens fünf Minuten nicht wieder. Oder Stufe eins ist an der Reihe. Stufe fünf ist natürlich für Tisch 5 reserviert.

Normalerweise.

Bärbel macht sich Vorwürfe, schlimme sogar. So ein Blödsinn, die Polizei nicht zu verständigen! Astrid hat das gleich gesagt, typische Männer-Allmachtsfantasien: Das kriegen wir schon alleine hin, lass uns mal machen und weiteren Quatsch. Dass Kurt Angst um seine Mama hat, ist das eine; die Chance aber verstreichen zu lassen, dass sich Profis um die Sache kümmern, erscheint ihr mehr als fahrlässig. Mit dem Lardo braucht sie darüber gar nicht mehr reden; nicht einmal die Frage, ob der gute alte Randy mit der Entführung direkt etwas zu tun hat oder ob schon der Besuch bei ihm genügte, das gewaltgeneigte Umfeld spontan zu aktivieren, lässt sich nicht mehr klären. Denn der Lardo hat sich in seinen Zweckoptimismus verkrochen, da kann ihm keiner was, da sitzt er wie die Unke in ihrem Unkentümpel und rührt sich nicht.

Unablässig sieht Bärbel auf ihr Handy. Noch immer dieselbe Zeit. Nicht eine Minute mehr! Jetzt hält sie es nicht mehr aus: „Lardo, bitte", beugt sie sich zu dieser glücklichen Amphibie hinunter, „jetzt guck doch noch mal nach ..."

„Immer dieselbe Stelle", muffelt Lardo, ohne aufzublicken.

„Aber das heißt doch nicht ..."

„Dass der Kurt sich immer noch in Gesellschaft seines Handys befindet?" Jetzt blickt der von mittlerweile sieben Schorlen Sedierte doch einmal auf. „Du wirst es nicht glauben: Daran hab ich auch schon gedacht."

„Sollen wir nicht da mal hinfahren?" Bärbel fummelt eine Zigarette aus der Packung. „Halbe Stunde hab ich Schluss."

„Und was soll das bringen?"

Ja, was soll das bringen? Gar nichts, wahrscheinlich. Es wäre, da hat der Lardo recht, nur eine Maßnahme, um irgendwas zu tun. Nicht immer nur warten zu müssen. Schrecklich!

„Verdammt, scheiß egal jetzt, ich ruf die Polizei."

Bärbel kann nicht mehr.

Nicht einmal zu einem Widerspruch fühlt sich der Lardo mehr fähig. Er hebt und senkt nur sehr, sehr langsam seine Schultern. Blickt ins Leere. Und nimmt der Bärbel die Zigarette aus der Hand. Eine qualmende Unke. Märchenhaft.

Dass ausgerechnet der Älteste am schnellsten reagiert, damit hat er selbst am wenigsten gerechnet: Während Helge, Randy und Branko einen Augenblick zögern, weil ja so viel gleichzeitig bedacht werden muss – sofort abhauen oder schnell noch zugreifen, den Verräter hinrichten oder erst mal mitschleifen? – kennt Kurt nur einen einzigen Gedanken: weg! Dafür gibt es auch nur eine einzige Richtung, da die drei hinter ihm den Ausgang abriegeln: nach vorn. Doch er ist zu langsam, natürlich ist er zu langsam, es klatscht an seinem Hinterkopf, das ist Helges Pranke, aber der trifft nicht richtig, nur mit den Fingern. Der Fliehende ignoriert den Schmerz, steuert auf die Kisten zu, die edlen, geweihten, in wohliger Dunkelheit lagernd, mit einem Mal gestört, herausgerissen aus ihrer historischen Ruhe.

Ohne nachzudenken greift Kurt nach einer Flasche, die in einer metallenen Dekantierwiege auf einem Barriquefass postiert ist und schleudert sie hinter sich, wo er den Verfolger vermutet. Er trifft. Ein knapper Schrei, ein überraschtes „Äh!", gefolgt von einem harten Aufschlagen und Scheppern. Die Doppelmagnumflasche von La Spinetta, ein Barbaresco für knapp 500 Euro, tut ihre Wirkung, zweckentfremdet zwar, doch im Augenblick auch in dieser Hinsicht wertvoll: Helge reibt sich den Wein aus den Augen, wobei er die kleinen Splitter nicht bedenkt, die ihm jetzt die Haut aufreißen, er stampft wie ein verwundeter Stier und brüllt Kraftausdrücke, die in ihrer Exklusivität dem Piemonteser Nobeltropfen in nichts nachtstehen.

Kurt kommt zupass, dass sich das Trio über die Vorgehensweise durchaus uneins ist. Es gibt keine Koordination mehr, jeder handelt spontan je nach Einfallsreichtum und Veranlagung. So zögert Branko, der den Knast verabscheut, nicht länger als nötig, ignoriert Helges Kommandorufe und hastet dorthin, wo er den Eingang in Erinnerung hat. Anders Randy: In Panik, dass sich sein wunderbares Schloss in letzter Sekunde in leisen Dunst auflösen könnte, schnappt er nach irgendeiner Kiste, wuchtet sie hoch und eiert Branko hinterher. Helges Flüche gelten nicht mehr primär Kurt Wessa, sondern den treulosen Feiglingen, die doch einzig und allein durch sein Zutun eine solche Chance bekommen haben.

Als Helge wieder sehen kann, noch ziemlich verschwommen, doch im Raum ist es ja hell genug, jagt er Kurt hinterher. Mit der Faust wird er ihn niederstrecken und ihm genüsslich den Garaus machen, nach der alten Methode. Die zwei Luschen schnappt er sich noch heute Nacht, auch das eine Gaudi. Zwischen den Regalreihen schreitet Helge weit aus, jeder Schritt eine Detonation auf den Fliesen. Zweimal bleibt er mit den Schultern hängen, hinter ihm prasseln Flaschen herunter. Alles egal jetzt, er kommt schon noch rechtzeitig raus. In das Hupen und Heulen mischt sich ein anderes Geräusch – wie von einem Motor, doch kaum hat er es vernommen, schon sieht er auch die Ursache.

Ein Gabelstapler in voller Fahrt kommt auf ihn zu.

An der Brust getroffen von einem der stählernen Zinken, schleudert es Helge zur Seite, halb dreht er sich um die eigene Achse, kippt hintenüber in eine mit wenigen Flaschen versehene Gitterbox und schlägt mit dem Kopf auf. Kurt schreit irgendetwas, doch in dem Getöse kann er sein eigenes Wort nicht verstehen. Über Glassplitter und Rotweinlachen donnert der Hubstapler durch das Innenleben der Kellerei. Beständig erwartet Wessa den Angriff, er fährt geduckt, in höchstem Tempo. Nur knapp passt das Gerät durch die Tür – auch draußen erwartet ihn keiner. Beinahe schlägt es den Stapler um, denn Kurt nimmt die Kurve ohne abzubremsen und brettert den Büro-Flur hinunter, immer Richtung Ausgang. So kommt er unbehelligt zum Rolltor. Es steht noch offen, ein Glück. Mit Schwung poltert er die Betonauffahrt nach oben.

Immer noch in Angst, von einem Schuss, einem Wurfgeschoss oder sonst was getroffen zu werden, treibt Kurt den Gabelstapler weiter zu Höchstleistungen. Als er auf die Straße abbiegt, vermeint er zwischen den parkenden Autos einen der drei flüchten zu sehen, gebückt, humpelnd. Das Lenkrad umkrampft, steuert der Lagerist die Veilchenduftstraße entlang ... und begeht den Fehler aller Amateure, die in Not geraten: Er will nach Hause. Es kommt ihm nicht der Gedanke, dass er dort in der Falle sitzt; er folgt nur diesem Urtrieb aller Verfolgten.

Zum ersten Mal verzögert Wessa die Fahrt, als er die Ausfallstraße überquert, tatsächlich sind schon die ersten Autos unterwegs, Frühschicht wahrscheinlich. Je näher er seinem Zuhause kommt, desto hartnäckiger meldet sich die Sorge: Was wird aus seiner Mutter? Ist einer der Verbrecher schon auf dem Weg zu ihr, in diese schreckliche Kammer oder wo auch immer man sie versteckt hält? Verschwitzt am ganzen Leib, lenkt Kurt sein schmales Gefährt in den 3. Schneeglöckchenweg – immer noch keiner dieser Schufte sichtbar. So dicht wie möglich parkt er vor der Haustür, um eine Barrikade zu errichten und steigt auf der dem Haus zugewandten Seite aus.

Es riecht nach Zwiebeln. Im Haus ist Licht.

Von Ingrimm gepackt, eilt Kurt zurück zu seinem Fluchtwagen und reißt den Schraubenzieher, sonst meist zum Öffnen von Klebebändern auf Weinpaketen dienlich, aus der Werkzeugkiste. Jetzt hat er es so weit geschafft, die sollen nicht glauben, dass er aufgibt. Die Tür ist nur angelehnt. Wie viele mögen es sein? Einer? Zwei! Den Schraubenzieher vorschnellend, ins Leere stechend, betritt er den Flur. Wieder niemand. Eine gemeine Taktik, sich so lange zurückzuziehen, bis sie ihn sicher packen können.

Aber wartet ...

Mit heftig klopfendem Herzen und in Atemnot schiebt sich Wessa an die Küchentür vor. Er hört etwas, ein Kratzen oder Schieben – auf jeden Fall sind sie da drin. Mit dem rechten Fuß gibt er der Tür einen Tritt, dass sie geräuschvoll gegen eine Getränkekiste knallt. Seine letzten Kräfte anspannend, springt der Todesmutige hinein.

„Sammol Kurt, hascht en Knall?"

Bei heißblütigeren Naturen hätte es vielleicht nicht drei, vier Sekunden gedauert, bis eine Reaktion erfolgt wäre. Kurt jedoch gelingt es nicht schneller, seinem Erstaunen einen adäquaten Ausdruck zu verleihen. Dann aber findet er das richtige Wort: „Mama!“

Und es geschieht, was bei Marianne Wessa höchst selten geschieht, jedenfalls schon lange nicht mehr: Sie öffnet ihre Arme und nimmt ihren Kurti darin auf. So stehen sie ein paar Momente in der Küche herum und flennen rechtschaffen, doch das ist beiden bald peinlich, außerdem hängt der Kartoffelbrei an, und die Köchin ergreift den Holzlöffel und rührt. Kurt nutzt die Zeit, schaut nach draußen durchs Küchenfenster, und da er immer noch niemanden sehen kann, zieht er die Klappläden vor. Dabei redet er, ganz entgegen seiner Gewohnheit, unablässig auf seine Mutter ein, will alles ganz genau wissen, wo sie denn jetzt herkomme, warum man sie freigelassen habe, wie es ihr gesundheitlich ergehe, ob sie etwas von den Verbrechern wisse, dass ihn wirklich keine Schuld treffe, ob sie nicht lieber erst mal ins Krankenhaus ... und warum um alles in der Welt sie mitten in der Nacht „Himmel und Erde“ zubereite?

Irgendwie, so Mutter Wessa, habe sie sich ja Beschäftigung machen müssen, und es habe sich besser angefühlt, etwas zu tun, was auf die baldige Heimkunft ihres Sohnes hinweist als gar nichts zu tun, davon habe sie nämlich genug, von diesem Garnichtstun – und zwar seit Tagen schon. Statt Blutwurst gebe es halt panierte gebackene Bratwurstscheiben, eine Dose habe sie im Eisschrank noch entdeckt. Außerdem, schleckt sie sich einen Tupfen Apfelbrei vom Fingerknöchel, verspüre sie selber Hunger. Großen.

„Du glaabscht net, was es dort zu esse gewwe hot!“

Nach und nach erfährt Kurt, immer wieder durch die Spalte des Klappladens spähend, dass seine Mutter nicht durch einen Gnadenakt, sondern durch eigene Initiativkraft freigekommen ist; dass ihre Flucht keineswegs planmäßig verlaufen und sogar beinahe gestoppt worden wäre; dass es mehrerer Pausen bedurft habe, in denen sie Kräfte gesammelt und neuen Mut geschöpft hätte.

„Mama, du bischt e Heldin!“, stellt der Sohn fest. Und setzt sich automatisch an seinen Platz am Küchentisch.

Nachdem sie, so Mutter Wessa, „ewich un drei Dag“ einen Ligusterhecken-Gang durchmessen habe, sei sie auf ein Privatgrundstück geraten. Es habe aber nicht die Möglichkeit bestanden, sogleich um Hilfe zu rufen, da es ja immer noch hätte sein können, dass einer der Entführer in der Nähe weilte. So habe sie sich des Mundraubs zweier übrigens ausgezeichneter Tomaten schuldig und auf einer Hollywoodschaukel bequem gemacht und sei sofort fest eingeschlafen. Beim Erwachen aber sei sie nicht mehr allein gewesen – da habe sie befürchtet, es wäre alles zu Ende.

Beherzt schöpft sie Kurt eine Monsterportion Kartoffelbrei auf den Teller.

„Ja un donn?“

Ja und dann ... habe sich der Mann, der neben ihr saß und erst so bedrohlich wirkte, als ein Nachbar entpuppt, dessen obligatorisches Aufgabenspektrum während der Ferienzeit (Garten gießen, Blumen versorgen, im Haus rumschnüffeln) ein echter Glücksfall für sie gewesen sei, denn nur aufgrund einer durch einen Handyanruf unterbrochenen Tätigkeit (Tomaten wässern) habe er die Garagentür kurz aufstehen lassen, durch die dann Marianne Wessa hindurchschlupfen konnte. Das entscheidende Problem nun habe darin bestanden, den Wachsamen davon zu überzeugen, dass sie keineswegs die Rolle der verwirrten Alten zu spielen gedenke, sondern darauf beharre, ein Entführungsopfer zu sein, das so schnell wie möglich nach Hause will.

Dies nun, nachdem sie ihre Erzählung plausibel habe machen können, sei für den mittlerweile ganz und gar aufgeschlossenen und hilfsbereiten Edigheimer Anlass genug gewesen, unmittelbar seinen Privatwagen aus einer der zahlreichen Garagen auszuparken und Marianne ohne Umweg nach Hause zu fahren – ohne Umweg allerdings nur auf ihr inständiges Bitten hin, nicht erst noch auf der Polizeiwache oder bei einem Notarzt reinzuschauen.

„Des macht mein Sohn dann am Dellefon."

„Ihr liebe Leit!"

In diesem Augenblick erst fällt Kurt ein, dass es mehr als redlich wäre, zumindest Tisch im Maffenbeier Bescheid zu geben; was ist er nur für ein Egoist geworden! Grunzend greift er nach dem Bakelit-Telefon, Baujahr 1966. Lardo scheint so perplex über die Wendung der Ereignisse, dass er sofort weiterreicht an Bärbel. Die weiß gar nichts zu erwidern, sondern seufzt nur ungläubig-erleichtert.

„Ein Glück, Kurt!" Und dann noch mal auf Pfälzisch unter Freudentränen: „Ää Glick!"

„Morgen mehr!", ruft Kurt in die Muschel und legt auf.

Nachfolgend muss er auch noch die Notfallnummer seines Arbeitgebers anwählen, um nicht dazustehen wie ein Lügner. Ohnedies, was sollte man jetzt noch von ihm halten? Wer würde Verständnis aufbringen, wer den Kopf schütteln, wer würde überhaupt noch mit ihm reden? Das Gespräch führt er allerdings schon mit vollem Mund, denn auch der Apfelbrei und die krosse Bratwurst haben mittlerweile den Weg auf seinen Teller gefunden. Eine Weile essen sie ohne zu reden, vor allem Marianne spachtelt mit Eifer.

„Hoffentlich verdraach ich des, um die Zeit …"

Als kein Stückchen Wurst mehr in der Pfanne schimmert, fangen sie von Neuem an sich auszutauschen; kein Satz wird zu Ende gebracht, Mutter Wessa beginnt fünf Handlungsstränge, befragt aber zwischendurch immer wieder den Sohn, wie er das alles ausgehalten habe und unterbricht ihn, kaum dass er seine Schilderungen aufgenommen hat. Während des Dialogs setzen sich bei den beiden zwei Grundgefühle durch, durchaus unterschiedlicher Natur: Mutter Wessa ist wütend auf diese „Kreadure", die sich aus „miserablichter Geldgier" in ihr Privatleben mischten und sich „so schwer versindicht" haben. Kurt, seiner Natur gemäß, grübelt immer verzweifelter nach, wie es „in de Firma" aussieht und sorgt sich mit immer größerer Gewissheit, dass ihn dort zukünftig „känner mehr middem Hinnere ooguckt."

Es ist anzunehmen, dass die Intensität von Wut und Sorge immer weiter angewachsen wäre, hätte es nicht geklopft und gleichzeitig geklingelt. Kurt fährt herum, Furcht und Unwillen im Blick.

„Wer werd en des soi?", drückt sich Marianne aus der Eckbank und will öffnen.

„Mudder! Bischt verrickt?", versucht Kurt sie zurückzuhalten. „Am End sin des die Gängschder! Nunner!"

Zumindest dieser Verdacht löst sich rasch auf. Denn von draußen sind Stimmen zu vernehmen, darunter eine vertraute, und Kurts Name wird immer wieder gerufen.

„Was soll donn des jetz?"

Nachdem Kurt durch die Klappladenritzen den Schluppi erkannt hat, ein altvertrauter Kollege und über jeden Verdacht erhaben, wischt er sich den Mund mit der Hand ab und trottet zur Tür.

„Awwa Vorsicht!“, mahnt die Mutter.

Zu all den Beunruhigungen und Verwirrungen gibt der frühmorgendliche Besuch das Satyrspiel. Kurt versteht zuerst nicht ansatzweise, was vor sich geht; seine stets unterbrochenen Versuche, Klarheit zu schaffen, sind viel zu leise und zeugen von Erschöpfung. Erst nachdem der Spuk sich aufgelöst hat, er wieder bei seiner Mutter am Küchentisch sitzt und die letzte braungebrutzelte Zwiebelscheibe zwischen die Zähne nimmt, beginnt er ein Missverständnis zu erahnen. Weder die beiden Uniformierten noch der Kollege aus der Nachtschicht noch dieser Offizielle, den er noch nie gesehen hat, haben ihm einen Vorwurf gemacht. Im Gegenteil, gerade Letzterer hob in einer Art Kurzansprache die Entschlossenheit und Tapferkeit, vor allem aber die Tatkraft des Kurt Wessa selbst außerhalb der Dienstzeit hervor, der mit seinem über das Maß des zu Erwartenden hinausgehenden Einsatz das Schlimmste verhindert habe.

Wie bitte?

Nicht nur, dass er, wie die Videokameras präzise aufgezeichnet haben, mit Heldenkraft einen der Aggressoren unschädlich machte, auch die vollständige Zerstörung oder Plünderung des Wein-Archivs sei durch ihn verhindert worden. Offenbar von Kurt mit dem Gabelstapler in Richtung der Polizeisirenen gehetzt, sei auch ein zweiter Möchtegerndieb von der Polizei dingfest gemacht worden; nach dem Dritten im Bund suche man gegenwärtig noch, aus diesem Grund habe man sich entschlossen, zumindest bis zum Morgen den 3. Schneeglöckchenweg unter Polizeischutz zu stellen, reine Vorsichtsmaßnahme.

Als der Beauftragte, umkränzt von blumig lächelnden Polizeibeamten, in seine Umhängetasche griff und eine buntbebänderte Flasche Wein hervorzog, holte Kurt noch einmal Luft, um den wahren Sachverhalt darzulegen, seine missliche Lage und schmähliche Handlungsweise schonungslos einzubekennen und um Beendigung des Dienstverhältnisses zu ersuchen. Dabei wurde er von seiner Mutter bedrängt, die schräg hinter ihm auf dem Treppenabsatz keine gute Sicht auf die Szene hatte und doch auch etwas mitkriegen wollte. Statt ausführlicher Angaben zum wahren Sachverhalt glotzte er die unerwarteten Besucher stumm an, streckte seine Hand aus und grunzte: „Danke."

„Awwa du hättscht doch noch hinnerher ...", beharrt seine Mutter auf der Wahrheit, bis sie die möglichen Folgen einerseits wie andererseits bedacht hat. Dann schmunzelt sie ein bisschen, fasst über den Tisch und tätschelt Kurts Hand. Vielleicht, so führt sie aus, vielleicht ist dies ja letzten Endes als ein Stück Wiedergutmachung durch das Schicksal zu betrachten, ein bisschen Ausgleich für die ausgestandenen Ängste. Sicher, man soll es immer mit der Wahrheit halten; aber in Einzelfällen zeigt auch sie, die tugendsame, eine beachtliche Anpassungsfähigkeit – und da soll man nicht kleinlich sein und die Dame Veritas am Ende gegen sich aufbringen.

„Was hottsen gebbe?"

Ein wenig missmutig untersucht Marianne das Mitbringsel, eine Magnum-Flasche Château Haut-Brion, die etwas fremdelnd auf der Anrichte steht. „Is des alles?"

„Werd schun was soi ...", ist sich Kurt sicher.

Und beginnt erst zu grunzen und dann zu lächeln: Der Wein stammt aus seinem Geburtsjahrgang! Wenn sie den verkaufen, erklärt er der Mama, können sie sich zwei Wochen Kuraufenthalt am Bodensee leisten. Sonst nicht egoistisch, stimmt die Betagte sofort zu.

„Jo, des machscht."

Doch dann entdeckt sie etwas, das ihren mütterlichen Sorgenreichtum binnen kurzem vervielfacht. Jetzt ist sie sich vollkommen sicher, dass Kurt eine Erholungskur nötig hat: Sein Dubbeglas mit der obligatorischen Schorle hat er kaum angerührt. So etwas war noch nie da! Stirnrunzelnd betrachtet sie ihn mit diesem Blick, den nur Mütter fertigkriegen, zugleich angstergriffen, wildentschlossen und vollkommen unbekümmert um Diskretion. Selbstverständlich registriert der Sohn die wortlose Nachfrage und erklärt niedergeschlagen, seit Beginn der Unruhen im 3. Schneeglöckchenweg schmecke ihm sein Lieblingsgetränk nicht mehr. – Sogleich am nächsten Morgen, entgegnet Mutter Wessa, werde sie ihre Nichte im Reisebüro kontaktieren und ausfragen, wo man sich am Bodensee am besten erholen kann.

„Jo, des machscht", zitiert Kurt seine Mutter und gähnt herzergreifend.

Den nahezu gleichzeitig eintreffenden Spezialkräften der Polizei, des privaten Sicherheitsdienstes sowie von der Werksfeuerwehr bietet sich ein erschreckender, vielleicht unvergesslicher Anblick. Vermutete man zu Beginn noch Vandalismus, kursierten alsbald die unterschiedlichsten Hypothesen, was in der Kellerei vorgegangen sein könnte. Vor allem der rotbesudelte Mann in der Gitterbox sorgte beim Einsatzteam für einen Schockmoment – zumal er nicht einfach so zusammengeknäult und mausetot liegen blieb wie sie ihn aufgefunden hatten, sondern sich plötzlich zu regen begann, aus seinem Gefängnis umständlich herauszuhangeln versuchte und sodann einen stark pfälzisch eingefärbten Kanon der beliebtesten Schimpfwörter ausstieß, die meistenteils ihm selber galten.

„Ich Hornochs, ich dabbischer!"

Da der mittelschwer Verletzte hinterher beharrlich schwieg, dauerte die Aufklärung des gesamten Sachverhalts deutlich länger als dies bei einem solchen Verwüstungsgrad üblicherweise zu erwarten ist. Wenig später lief Branko, der komplett die Nerven verloren hatte, ums Haar in einen Einsatzwagen, welcher unvorsichtigerweise ohne Blaulicht zum Einsatzort unterwegs war. Nach ein paar wirren, zudem einander widersprechenden Versuchen, sich als unbeteiligt auszugeben, verplapperte er sich binnen kurzem doppelt; die Beamten konnten Brankos Zusicherungen, „mit dem ganzen Kram nix zu tun" zu haben, erst nicht einordnen, dann allerdings umso leichter, da diese Aussage nichts weniger als der stichhaltigste Beweis des Gegenteils war.

„Welchen Kram meinen Sie denn genau?"

Lediglich bei Randy dauerte es etwas länger, genauer gesagt bis zum Frühstückskaffee, den er sich im Ludwigshafener Bahnhofsrestaurant mit dem nostalgischen Namen „Zur Pfalzbahn" servieren ließ. Der fröhliche Wirt, gewohnt an mehr oder weniger kriminelle Umtriebe rings um den vor fünfzig Jahren modernsten Hauptbahnhof Europas mit seinem sinnlos schräg vorkragenden Vordach, nahm die Verhaftung gelassen hin und bot zwei den Zugang sichernden Polizistinnen Espresso an. Sie schienen übermüdet, lehnten aber dankend ab.

Randy war fast erleichtert.

Seitdem er hier saß, überlegte er hin und her, ob er sich nicht lieber gleich stellen oder doch zu Hause noch einmal vorbeischauen sollte – wer weiß, wann er seine Kinder wieder zu sehen bekommt! Aber die Aussicht, sich selbst in Versuchung und am Ende die Familie in Gefahr zu bringen, erschien ihm doch wenig verlockend. Andererseits konnte er sich auch schlecht aufraffen, ins Polizeipräsidium rüber zu latschen; hier war es doch irgendwie gemütlicher: der Kaffee stark, das Ei heiß, und auf dem Bildschirm lief die Niederlage vom KSC gestern Abend. Ja, das waren noch einmal die Freuden der Freiheit!

Als die Beamten auf ihn zukamen, schob er sich den Rest seines Eibrötchens in den Mund und trank den Kaffee aus. Dann streckte er brav seine Hände aus, wie so oft in früheren Jahren.

„Awwer dun Se mir net weh."

Für alle drei bedeutet die Entdeckung des vereitelten Diebstahls erst den Anfang der Unannehmlichkeiten. Schon beim ersten Abgleich der Daten fällt die Übereinstimmung mit dem die Öffentlichkeit in Atem haltenden Mordfall Büsode auf. Den Experten gelingt es innerhalb weniger Stunden, DNA-Material sowohl von Randy, Branko als auch von Helge zu verifizieren, teils von der Kleidung des Toten, teils vom Einkaufswagen stammend. Das Verfahren würde baldmöglichst eröffnet werden. – Staatsanwaltschaft und Polizeispitze zeigen sich zufrieden, weite Teile der Bevölkerung hochinteressiert und die Medien hingerissen. Während es um das erfolglose Trio immer dunkler wird, spinnt die erzählfreudige Journaille die tollsten Geschichten.

Ende der Sauregurkenzeit.

Über den Zusammenhang der beiden Straftaten kursieren fabelhafte Gerüchte; ein Spartensender geht so weit, von gleich drei nagelneuen Robin Hoods zu fantasieren: Nach vollzogener Rache am Todfeind der Armen habe man eine Art sozialvinologischer Umverteilung vornehmen wollen. Die unvorstellbar teuren Weine seien für Mittellose vorgesehen gewesen, die sich nicht einmal zu Weihnachten einen guten Tropfen leisten könnten. Andere spekulieren, es handle sich um tolldreiste Kerle nach dem Muster des Al Capone von der Pfalz, die nirgendwo sonst als in diesem freiheitsliebenden Landstrich so tatkräftig gedeihen. Kurz, es fehlt an nichts. Höchstens an ein wenig Mitgefühl mit dem Verstorbenen und den wenigen Hinterbliebenen, die von Büsode allerdings auch nach seinem Ableben nichts wissen wollen.

Do kummt so en Hewwel middem Knewwel in de Hand ...

Auf Kleinlebewesen spezialisierte Biologen, vor allem Insektenforscher, hätten an diesem Morgen rings um das Sperrgebiet Bamberger Platz die außergewöhnlichsten Entdeckungen verzeichnen können. Seit dem Tagwerden verbreitet sich eine Ahnung unter den langjährigen Siedlern in Mauerwerk und Estrich, Dielenboden und Fensterrahmen, unter Badfliesen und in Küchenschränken. Der Exodus erfolgt, wie es den teils fast gewichtslosen Geschöpfen geziemt, nahezu geräuschlos; nur ganz Aufmerksame, vor allem Höherrangige in der Nahrungskette, bemerken vielleicht ein Rascheln und Rutschen, Flattern und Gleiten – so sind es vor allem die verschiedensten Vögel, die einzeln und in Scharen vermehrt im Umkreis aus den Lüften niederstoßen oder gleich am Boden hockenbleiben – es gibt ja genug für alle. Doch auch zwischen den Flüchtenden kommt es hin und wieder zu tödlichen Übergriffen; auf den Mangel an Moral in Zeiten der Not wurde schon häufiger hingewiesen, und zwar von Menschen. Um wie viel bedenkenloser erfolgt das Ausnutzen von Hast und Schutzlosigkeit doch in der Tierwelt ...

Oder nicht?

Vor allem die Großfamilie der Schaben ist schwer betroffen. Unzählige Generationen haben es sich Wohlsein lassen in feuchten Ritzen und porösen Winkeln, doch auf einmal scheint Schluss damit zu sein, und australische wie amerikanische Schaben eilen miteinander und aneinander vorbei, bisweilen überholt von Kakerlaken sämtlicher Altersstufen und Größen, nach draußen, allesamt auf der Suche nach einer neuen Behausung. Doch auch die Käfer haben sich aufgemacht, Pelzkäfer, Messingkäfer, Speisebohnenkäfer, schwarze, graue und grauschwarz gemusterte, selbst der gemeine Speckkäfer und der Brotkäfer sind mit von der Partie. In Jahrtausenden ist keiner von diesen zum Glückssymbol avanciert, im Gegenteil, sie erregten und erregen Ekel und Widerwillen selbst bei den Hartgesottenen.

Auch in den Lüften ereignen sich massenhaft Fluchtversuche, zumal von Kleider-, Pelz- und sonstigen Motten, auch Falter sind darunter und beileibe nicht die hübschesten. Für viele ist es der erste Langstreckenflug ihres Lebens, wobei übermäßig lange dauert er nicht, wenn die achtsamen Vögel ihre Schnäbel aufsperren, in keiner Weise geneigt, außer der Reihe Gnade vor Naturrecht ergehen zu lassen. Ganz weit unten wiederum, geübt in raschen Ausweichbewegungen, huschen Silber- und Ofenfischchen kreuz und quer, allerdings reichlich verstört, da seit Jahrzehnten niemals umgezogen, überdies ohne jede Idee, wo sie sich hinwenden sollen. Dazwischen und darüber rennen und wuseln Wegameisen, Hausameisen, glänzendschwarze Holzameisen; wie immer gehören sie zu den Ersten, wenn es um das Erspüren von Bedrohungen geht.

Darin sind auch die Hausratten seit jeher firm, hie und da nehmen sie einen Happen für unterwegs, doch insgesamt befinden sie sich in nicht minder großer Eile wie Haus- und Gelbhalsmaus, Erdmaus und gemeine Schermaus, hartnäckig bekämpft zu allen Zeiten, noch nicht minder beharrlich Widerstand leistend, vor allem durch das unverwüstliche Mittel der Vermehrung. Manche haben es bereits in die Kohlfelder geschafft, andere sind schnurstracks zum Friedhof rüber gelaufen, wieder anderen ist es geglückt, schon nach wenigen hundert Metern im Lagerraum eines Discounters Unterschlupf zu finden.

Lange bevor die Motoren für menschliche Ohren vernehmbar werden, haben die als Mauerschädlinge verunglimpften Tierchen vernommen, was sich ankündigt, vollzogen mit der Folgerichtigkeit aller Zerstörungen. Doch in manchen Fällen, diesem wohl zuallererst, erweckt Vernichtung auch Hoffnung auf Neubeginn, setzt Erleichterung frei, Jubel und neue Tatkraft. In dieser Mischung aus Zorn und wilder Freude tanzten die Menschen schon immer auf den Ruinen des Terrors, der Zwingburgen, Folterkeller und Staatsgefängnisse und nahmen sich vor, Generation für Generation, dass es nie wieder so weit kommen dürfe.

Mit vorübergehendem Erfolg.

So gleicht das Antlitz des Manfred Beuscherl womöglich bis in die letzte Falte demjenigen so manchen Revolutionärs, der die Hacke ansetzte am dreischläfrigen Galgen, an der Bastille oder am Hitlerdenkmal. Doch Manfred führt kein Handwerkszeug mit sich, oh nein! Das wäre auch gar zu niedlich angesichts der Arbeit, die jetzt getan werden muss – und in Anbetracht der Gebäudemasse, die es niederzulegen gilt. Er sitzt im Führerstand des Abrissbaggers, und die wohlbekannte, symbolkräftige Birne, aus Schwermetall wohlgemerkt, noch wird sie von Ketten zurückgehalten, schwingt sachte über ihm. Der Dialog mit dem für diesen Job ursprünglich bestallten Baggerführer gestaltete sich nach Beuscherl-Art recht knapp, dafür effektiv und ohne Gefahr von Widerspruch: „Du loscht mich jetz do noi."

Mit einem Seitenblick zum Bauleiter verschaffte sich der Attackierte Gewissheit, dass es sich um einen Ausnahmefall handle, und tatsächlich hatte sich Beuscherl im Vorhinein mit der zuständigen Fachkraft ins Benehmen gesetzt. – Je näher das Einreißkommando den Baracken des Bamberger Platzes rückt, desto zahlreicher werden die Passanten am Wegrand. Einige gehen nebenher, andere bleiben einfach stehen und schauen und können noch immer nicht begreifen, was vorgeht, welch epochales Ereignis in Kürze bevorsteht. Gewöhnt an Ankündigungen, die niemals eingelöst werden, an Versprechungen aller Art, an Drohungen und Hinhaltetaktiken, hatte niemand erwartet, dass es ernst werden würde mit der Totalsanierung dieser blatternarbigen Blöcke. Vor allem aber wunderte die meisten das in der Tat unvergleichliche Tempo, mit dem die Beschlüsse umgesetzt wurden.

Schon in der Woche, die auf die Großdemonstration folgte, kam das Stadtparlament zu einer außerordentlichen Sitzung zusammen. Auf einmal war der Druck gleich mehrerer Öffentlichkeiten so groß geworden, dass man, mehr aus Furcht denn auf Vernunft gegründet und sogar ohne allzu lange zu diskutieren einem Komplettabriss und Neubau auf der Basis der Eingabe von Dr. Paul Bonaventura zustimmte. Welch unvergleichliche Wende im Verlauf der Lokalgeschichte! Viele, die sich über Dekaden an ihre eigene Unerschütterlichkeit gewöhnt und geglaubt hatten, für immer damit durchzukommen, fühlten etwas wie Schwindel und die Auflösung des Bodens unter ihren Füßen.

So empfinden die meisten, die gekommen sind, die Ereignisse dieses historischen Tages wie von einer Aura des Unwirklichen überhaucht, als befänden sie sich in einem Wachtraum oder besser noch entrückt in die Fantasie eines erfundenen Erzählers. An die dreitausend Leute werden es sein, die das Absperrgitter um den Bamberger Platz säumen, und obwohl man sich lange kennt und noch länger auf das in Kürze Erfolgende gewartet, ja teilweise aktiv und unbekümmert um den Unterschied zwischen Realpolitik und Utopie sein Bestes gegeben hat, bleibt die Stimmung doch zunächst verhalten, beinahe gedrückt. Man staunt mehr als zu reden, und wenn doch einmal Neueintreffende begrüßt werden oder eine Beobachtung mitgeteilt werden muss, so geschieht dies in schicklich gedämpftem Tonfall, einer Beerdigung angemessen.

Aber niemand bedauert auch nur im Geringsten, was hier zu Grabe getragen wird – man kann es nur nicht wirklich glauben. Weder die in vorderster Reihe ausharrende Ex-Bewohnerschaft noch die bescheiden im Hintergrund postierten Hilfstruppen von der Hochschule, der Caritas, dem Diakonischen Werk und weitere für soziale Gerechtigkeit Engagierte wissen so richtig, wie man sich verhalten soll. Selbst Battista Brancusi, der besseren Übersicht wegen neben Werner Mutzenbacher auf einem wackligen Sperrmüllhaufen, einer Art Feldherrenhügel, postiert, ist seltsam beklommen zumute. Immer wieder schaut er sich um, ob denn auch alle da sind ... und sie sind es: erwachsene Leute, die er schon in der Kindergruppe betreut hat, Personal von früher, seit Jahren pensioniert, darunter die Haudegen Holger Saalmayer und Frank Hefner ... und eine ganze Reihe Unbekannter, die sich den Augenblick auf keinen Fall entgehen lassen wollen.

Erst als Beuscherl die Kette aushebelt und die Abrissbirne mit Wucht die spillerige Klinkerfassade durchschlägt, löst sich die angestaute Erwartung in einem Getöse, einem infernalischen Gebrüll, das alles beinhaltet: Wut und Erlösung, Ergriffenheit und Fassungslosigkeit, insgesamt eine seelische Überforderungssituation, die wahnhafte Züge annimmt und deren akustische Äußerungen über Minuten immer noch zunehmen. Bald brechen die ersten Gruppen in Hochrufe aus und der prasselnde Applaus, der jeden Aufprall der Maschinerie beantwortet, entwickelt sich rhythmisch weiter zu einer erhitzten Percussion, wie man sie eher von Fußballspielen mit Endspielcharakter her kennt. Und so liegt denn Bärbels Freundin Uschi gar nicht falsch, als sie der neben ihr Stehenden ins Ohr kreischt:

„Des is, wie wann de FCK die Schämpjens-Liig gewinnt!"

Zu diesem Bild passt durchaus, dass im Abstand mehrere Stände errichtet wurden, die man im Gedränge tatsächlich für eine Fan-Meile halten könnte. Aber es handelt sich um Informationspavillons, aufgestellt von den Planungsteams unter Federführung der Stadtverwaltung, bestehend aus aktuellen und ehemaligen Bewohnerinnen und Bewohnern, Fachleuten der Freien Träger und international versierten Praktikern, die die Umwandlung von Schrotthalden in Wohngebiete andernorts studiert oder gar mitentwickelt haben.

Für die Zeit des Übergangs wurden unweit auf einer Brachfläche mit Aussicht auf die Hügelkette des Pfälzer Waldes einfache, doch schmucke Häuser in Leichtbauweise errichtet, die im Anschluss an die schleunige Transformation anderweitig Verwendung finden. – Bei den Neubauten aber werden vor allem die Wünsche und Bedürfnisse der künftigen Mietgemeinschaft berücksichtigt. Architektonisch sieht das schon im Modell recht ansprechend aus: eine Mischung aus Hufeisenblock, Einzelgebäuden und einem Marktplatz, durchsetzt von sehr viel Grün, öffentlich nutzbar oder auch privat, als Obst- und Gemüsegärten. Den angrenzenden Schwimmteich halten einige wenige für übertrieben, doch angesichts der derzeitigen Atmosphäre schweigen sie lieber stille und applaudieren brav mit.

Nah am Rande der Veranstaltung haben zwei Bildhauerinnen ein Modell errichtet. Nach intensiven Gesprächen mit Familien, die seit Jahrzehnten am Bamberger Platz überlebten, entwarfen die Künstlerinnen einen Gedenkstein, auf dem die Namen aller verzeichnet sind, die hier unter grauenerregenden Umständen verstarben. Denn darin sind sich mittlerweile fast alle einig: dass mit der Neuerrichtung des Viertels die Vergangenheit nicht asphaltiert werden darf. Endlich haben auch Geschichtsschreibung und Sozialforschung aufgemerkt und eruieren vor Ort die wesentlichen Daten, um eine umfassende Aufarbeitung sobald als möglich vorzulegen.

Und nächste Woche kommt die Kronstadter Allee dran.

Wieder einmal ist es Bernadette Schneck, die der Meinung der meisten Hauptbeteiligten Ausdruck gibt, indem sie optimistisch, doch nicht weniger nachdenklich in eines der zahlreichen Mikrophone der Fernsehanstalten spricht: „Lässt sich gut an, wirklich. Aber fünfzig Jahre früher hätte auch nicht geschadet."

So was war lange nicht. Einst hat sich der Lardo öfter mal die Mühe gemacht, ist extra nach Lustadt gefahren oder nach Schwegenheim, da hatte man noch die Auswahl. Inzwischen bedarf es weitaus größerer Anstrengungen, bis man mal so einen Eimer echten Pfälzer Handkäs beisammen hat; nur seiner in jungen Jahren zur Perfektion gereiften Überredungskunst ist es zu danken, dass ihm eine Vorderpfälzer Witwe noch einmal fünfzig Stück gebastelt hat – in ihrem seit der Jahrtausendwende geschlossenen Betrieb. Doch ungewöhnliche Umstände erfordern ungewöhnliche Maßnahmen, und so bugsiert er den Eimer die Hartmannstraße hinauf durch den für Ludwigshafen so charakteristischen Holzwollenebel, pausiert eine

Schorle lang im Maffenbeier, wo er einen zweiten Eimer voller Mett in Empfang nimmt und zieht tapfer Richtung Schneeglöckchenweg.

Nein, das hatten sie sich zu einfach gedacht. Nachdem Kurts Mutter heimgekehrt war, man alle Drangsal überstanden glaubte, hatte Tisch 5 mit der baldigen Rückkehr des vermissten Bruders gerechnet. Er kam aber nicht. Meldete sich nur sporadisch am Telefon, meistens ging er nicht mal dran. Anlässlich eines Spontanbesuchs hatte Bärbel keinen guten Eindruck gewonnen: „Stellt Euch vor, ums Haar hätten die mich rausgeschmissen!“ Schlechte Stimmung also; Patrizia vermutete Depressionen. Der Fall kam Ulli sehr gelegen, die immer gern analysierte (vor allem andere) und eine bunte Mischung aus Psychotherapie, Alexandertechnik und Schamanismus vortrug, kurz, bei Kurt müsse man von einem posttraumatischen Belastungssyndrom ausgehen, verstärkt durch Kurzatmigkeit und seine allgemeine Unfähigkeit, den Dingen des Kosmos' sich zu öffnen.

„Außer Schorle“, wandte Astrid vorsichtig ein, wurde aber sogleich widerlegt: Nicht einmal die rühre er mehr an.

Da wurde Astrid spontan co-depressiv.

Als nach Ablauf einer Woche immer noch keine Besserung eingetreten war, plädierte Patrizia für Zwangsmaßnahmen: Man müsse die Familie Wessa aus diesem Abgrund rausholen, und sei es mit Gewalt, und wenn der Kurt eben nicht mehr den Maffenbeier besuche, dann komme der Maffenbeier eben zum Kurt, basta! Bärbel blieb zurückhaltend; eingedenk ihrer Erfahrung vor wenigen Tagen, hegte sie keine allzu heißen Hoffnungen. Da war es ausgerechnet am Lardo, sonst kein Freund von Überraschungen und sonstigen Formen der Freiheitsbeschränkung, sich zuerst überzeugen zu lassen, um unmissverständlich zu verkünden, er werde den kulinarischen Part übernehmen.

„Mettbrot?“, argwöhnte Bärbel.

„Auch. Ich mach aber noch was anderes.“

Mehrmals in den vergangenen Tagen, vor allem beim Zwiebelschneiden, bereute Lardo seine Unvorsichtigkeit; auch jetzt, die schweren Eimer einen Moment lang auf einem Altpapiercontainer abstützend, kommt ihn der schiere Unwille an, denn ein Teil der Handkäsbrühe macht sich selbstständig und suttert ihm übers T-Shirt, das blassrote, ausgerechnet. Lauthals beschimpft der Lardo den Handkäse, wäre er doch beim Mett geblieben, das fließt nicht, dehnt seine Verwünschungen schließlich auf die Wessas aus, doch am Ende meint er nur sich selber. Drei Damen auf dem Weg ins Prinzregententheater nehmen kurz Notiz und ziehen weiter: an Durchgedrehte, die mitten auf der Gasse mit Plastikeimern schimpfen, ist man im Hemshof längst gewohnt.

Als er weiterzieht, mühsam balancierend und überaus stark nach dieser Zwiebel-Riesling-Essig-Öl-Tunke duftend, fällt ihm Randy wieder ein, von dessen Schicksal er mehr weiß als andere. Eine seiner Vertrauten aus der Biker-Szene hat den schusseligen Kleinkriminellen gesehen, früh am Morgen, wie er mit einer großen Holzkiste Richtung Willersinnweiher abgebogen sei, und da war es dem Lardo recht schnell klar, dass der Spinner mal wieder Seeräuber spielte. Ja, er traute ihm zu, dass er die Weinkiste irgendwo vergraben hatte, wo sie hoffentlich auf ihn wartete, bis der Tag der Freiheit für ihn gekommen wäre.

Ein Sprecher der Pfalzkellerei hatte den Schaden jener Raubnacht offiziell mit rund 104.000 Euro beziffert. Kurt Wessa, der Getreue, habe zwar Schlimmeres verhindert und sei darum mit Kallstadter Kobnert auf Lebenszeit belohnt worden, doch irgendwie sei es den Dieben geglückt, eine der wertvollsten Kisten des Bestandes mitgehen zu lassen – echte Kenner, die Auftraggeber, wie es scheine, worauf auch die bei dem in der Gitterbox verbliebenen Gesetzesbrecher aufgefundene Liste hindeute. Die durch Zerstörung verloren gegangenen Flaschen hatten den geringeren Schaden bedeutet, immerhin noch um die 34.000 Euro. Man hoffe nunmehr auf die Verhöre der Polizei und geständige Übeltäter.

Als Lardo die Nachricht vernahm, schmunzelte er zuerst, dann musste er sich festhalten und lachte volltönend heraus. In der Tat war Randy der Erste des Trios, der aus dem Knast freikäme, denn ehrenhafter Weise hatten ihn Helge und Branko hinsichtlich der Hiebe mit Todesfolge entlastet. Nun, vielleicht erwartete den Pechvogel ja doch einmal, ein einziges Mal im Leben, das große Glück.

Der Lardo jedenfalls würde schweigen.

Obwohl er zuerst rabiat von Randy verarscht und direkt im Anschluss auch noch verpfiffen worden ist, kann er ihm nicht böse sein. Es gibt nun mal so Leute ... und überhaupt, mit dem Böse-Sein hat er's eh nicht so.

Seine schlimmsten Befürchtungen Kurt betreffend, zerstreuen sich schon am Schneeglöckchenweg-Eck: durch Musik. Nun, Musik wäre wohl zu hoch gegriffen, doch immerhin, Gesang und Quetschkommode erfüllen die Abendluft, und wo gibt es das heutzutage noch? Natürlich, es ist Kurts Lieblingslied, ein alt-berühmter Kurt-Dehn-Hit, worin die Güte und Beständigkeit von gekochten Kartoffeln mit Blutwurst als unauslöschlich verankert in der regionalen Erbmasse gepriesen werden. Wie gut, dass er, einem Vorgefühl gehorchend, den Hinweg noch einmal unterbrach und wichtige

Minuten im Maffenbeier vertrödelte. Der erste Gast am heutigen Abend wollte er wirklich nicht sein, das war wahrscheinlich die Astrid, und die versteht sich schon immer prima mit Kurts Mutter.

Mit so viel Petitesse wie möglich die Stufen emporklimmend, den Handkäs-Eimer so gerade wie möglich haltend, kommt er auf dem oberen Absatz zu stehen, wo sich Lardo ein Urbild wahrer Pfälzer Gemütskultur darbietet. Durch die Gardinen des Sprossenfensters gewahrt er tout Maffenbeier, ergänzt durch ein, zwei Außenstehende aus Kurts familiärem Umfeld. Bärbel steht am Wohnzimmertisch und schneidet Brot, den Patienten aber und seine Mutter sieht Lardo auf dem Sofa sitzen und mitgrunzen. Und was funkelt da in Kurts rechtem Händchen? Tatsächlich, eine Schorle! Das hätte also schon mal geklappt.

Kurz überlegt sich der Lardo, ob er die allgemeine Gaudi-Stimmung durch Mitsingen ergänzen solle, unterlässt dies allerdings im letzten Augenblick, man muss sich ja nicht noch mehr zum Deppen machen als man mit beflecktem Hemdchen ohnehin schon ist. Dann räuspert er sich, stellt die Behälter ab und klopft dreimal wohltemperiert an.

***

208 Seiten
Paperback
ISBN 978-3-96308-012-8
12,80 Euro

Es ist keine touristische Berühmtheit, das Ländchen zwischen Altrhein und Baggersee, doch die Jugendlichen aus dem Umkreis der Band SANSARA beleben die Ufer mit ihrer Fantasie und gestalten ihre privaten Paradiese. Es ist Sommer, der letzte Sommer, bevor das Leben losgeht – dieses andere Leben, jenseits von Schule und Elternhaus. Narkotisiert von Musik und Kunst und verbotenen Substanzen, geraten die Freunde Yves und Merkatz in einen gefährlichen Zustand im Grenzgebiet zwischen Wahn und Inspiration. Auch Nina und Marie erleben diese Phase mit einer bis zum Äußersten gespannten Intensität, berauscht von unvorhersehbaren Erfahrungen und den Impulsen einer Zeit, die zum Aufbruch drängt. – Ein Buch voller Jugend und Sonne, Freundschaft und Liebe, vibrierend vor Musik, verstörend, urkomisch und von verzehrender Zärtlichkeit.

„Das sind richtig komplexe, komponierte Songs, schreibt ja heute keiner mehr [...] und die wenigsten haben einen echten Dichter für die Texte.“

SWR

LINDEMANNS

www.infoverlag.de

192 Seiten
Paperback
ISBN 978-3-88190-587-9
13,80 Euro

Bei der Weinbergsarbeit kommt die junge Henriette Jäger, Shooting-Star der Weinbranche, auf schreckliche Weise zu Tode. Beweise für einen Mord gibt es keine, Motive allerdings zuhauf. Die Kripo sieht von Ermittlungen ab. Henriettes Vater trifft überall auf gastfreundliche Menschen, die offensichtlich nichts zu verbergen haben. Erst als er den alten Matthaiser kennenlernt – einer, dem Henriette viel zu verdanken hatte – kommen die Dinge ins Rollen ...

„Hucke wandelt nicht gerne auf ausgetretenen Pfaden, sondern erfindet neu. Seine Geschichten reichen wirklich für ein ganzes Leben."
LEBENSART

„Poetisch, richtig spannend, unglaublich viel Wortwitz."
BADISCHE NEUESTE NACHRICHTEN

„Klug und witzig geschrieben."
MEIER

LINDEMANNS

www.infoverlag.de

232 Seiten
Paperback
ISBN 978-3-88190-742-2
13,80 Euro

Den Berliner Weinhändlern von „Wein & Vinos" ist ein vorzügliches Geschäft geglückt: Bartomolé Talavera, eigenwilliger Winzer aus der Meseta, verkauft zwei Fässer seines besten Jahrgangs zu überraschend günstigen Konditionen. Kurz darauf muss er sein Weingut schließen; er ist zu alt, die Nachkommen zeigen kein Interesse. Die Krise packt ihn. Dennoch gehört sein gewaltiger Tropfen zu den Knüllern der Saison; die Nachfrage nimmt bedrohliche Züge an. Der Überfall auf eine Vinos-Filiale legt den Verdacht nahe, allein der Wein sei nicht der Grund für jenes überschießende Interesse. Da vernimmt man die Nachricht vom Tode Talaveras und findet Unglaubliches in seinem Roten, als zwei eigenartige Gestalten auftauchen ...

„Hucke ist ein Weinliebhaber durch und durch."
WOCHENBLATT

„Eine wilde Treibjagd, spannend und anschaulich. Dabei bliebt noch Raum und Zeit für lyrische Einschübe und Blickwechsel auf Land und Leute. Geschickt konzipiert."
DER KREUZBERGER

Lindemanns Bibliothek, Band 357
herausgegeben von Thomas Lindemann

ISBN 978-3-96308-081-4
www.infoverlag.de